DISSIMULER : LINCOLN

AIGLE TACTIQUE LIVRE 3

WILLOW FOX

SLOWBURN
PUBLISHING

Dissimuler : Lincoln

Aigle Tactique Livre 3

Willow Fox

Publié par Slow Burn Publishing

© 2022

v3

Traduction par sarahas2

Relecture par marie_frcy

Couverture par GetCovers

CHAPITRE UN

LINCOLN

La fatigue ne suffit pas à expliquer la lassitude qui se cache dans mon regard.

J'entre dans le café de la ville.

La cloche de la porte sonne lorsque je passe la porte, et l'arôme des grains de café me donne ma première dose du matin comme une drogue.

Il m'en faut plus.

— Suivant, lance la fille derrière le comptoir.

Sans ma tasse de café matinale, je n'ai pas encore eu le coup de fouet nécessaire pour me réveiller. Je balbutie en avançant jusqu'au comptoir.

— Salut, Skylar.

Depuis quand travaille-t-elle ici ? Aux dernières nouvelles, elle venait simplement rendre visite à son grand frère en ville.

Apparemment, elle n'est pas près de partir.

— Qu'est-ce que je peux vous servir ? demande-t-elle.

Elle se tient derrière le comptoir, portant un tablier marron et un chapeau assorti.

Tandis que je me sens fatigué, son regard se radoucit, et les coins de ses lèvres se retroussent lorsqu'elle semble me reconnaître.

— Salut, Lincoln, c'est ça ?

— Oui, dis-je en jetant un coup d'œil sur le tableau noir derrière elle avec la liste des boissons disponibles et des spécialités.

Le propriétaire aime bien varier les plaisirs, et il n'y a jamais de café noir classique au menu.

— Qu'est-ce que tu me recommandes ?

Prendre une décision me demande trop d'efforts à cette heure-ci.

— Préparer ton café chez toi, dit Skylar. Le café ici est beaucoup trop cher, mais ne dis pas à mon patron que j'ai dit ça, ou je serai virée.

Je renifle doucement.

— Noté. Je vais prendre ce que tu as de plus fort et noir.

Le soleil est à peine levé, et je me retrouve ici alors que mon réveil était programmé pour sonner dans une heure.

Je n'ai pas réussi à dormir, et avec la récente fusillade au restaurant, ma cafetière est morte.

Le sommeil m'a échappé, même un dimanche matin, alors que j'aurais dû pouvoir me détendre et prendre un jour de congé.

Le stress ne me dérange pas habituellement, mais après que deux mafieux ont fait feu dans le restaurant, je suis en état d'alerte, prêt à intervenir sur un coup de tête. C'est le résultat de mon passage dans l'armée qui m'oblige à être prêt à tout moment.

Skylar tapote la caisse avant que je n'introduise ma carte de crédit dans le lecteur de puce pour payer.

Une blonde s'avance avec des lunettes de soleil géantes, le genre qu'une femme porte pour cacher un œil au beurre noir ou pour essayer de dissimuler son identité. Les deux semblent plausibles.

— Excusez-moi, dit-elle. J'ai commandé un café il y a dix minutes.

— Ça fait cinq minutes, dit Skylar, et votre boisson est sur le comptoir, attendant que vous alliez la chercher.

— Vous n'avez pas dit mon nom, a dit la femme aux lunettes de soleil.

— Heather.

— C'est Harper, dit-elle, corrigeant Skylar.

Skylar fait un pas sur le côté où la boisson était posée perchée sur le comptoir, attendant qu'on la récupère.

— Même chose. Vous voulez votre café ou pas ?

Une autre serveuse prépare ma boisson pendant que Harper se tient debout, les bras croisés sur sa poitrine.

— Vous devez me faire un autre latte, dit Harper.

Elle décroise ses bras assez longtemps pour remonter ses lunettes de soleil qui commencent à glisser sur son visage.

— Je n'ai pas à faire quoi que ce soit, madame, dit Skylar. (Elle se tourne et fait face à la caisse.) Suivant !

La serveuse qui prépare mon café se dirige vers moi avec le liquide brûlant et fixe un couvercle sur la tasse.

— Lincoln.

Harper saisit le café avant que je puisse le prendre.

— Je vais être en retard.

Elle me vole ma boisson et sort en trombe du magasin, se précipitant vers sa voiture.

— J'espère qu'elle l'aime noir, je murmure tout bas.

Quelle façon parfaite de commencer ma matinée.

J'aurais dû rester au lit.

———

Je prends mon déjeuner et me dirige chez Mason pour voir comment il va. Cela fait quelques semaines depuis que la mafia lui a tiré dessus alors qu'il protégeait son amour de lycée, Hazel Agron.

En arrivant chez lui, avant même que je puisse lever la main sur la porte, Hazel bondit. Elle est plus rapide que leur chien, Bear, qu'ils ont adopté après la mort de l'oncle de Mason.

Hazel ouvre la porte d'un coup sec et me serre dans ses bras.

— Merci d'être venu, murmure-t-elle à mon oreille.

— Je t'en prie. J'ai apporté le déjeuner, dis-je en soulevant le sac de nourriture chinoise à emporter pour montrer ce que j'ai ramené.

Hazel me fait entrer dans la maison de Mason et ferme la porte.

Je lui remets le sac de nourriture tout en enlevant mon manteau et mes bottes.

— Ça sent bon, dit Mason avec un grognement en se levant du canapé. Qu'est-ce que tu as apporté ?

— Du bœuf à l'orange, du poulet au sésame, des crevettes aigres-douces, du bœuf mongolien et quelques amuse-bouche. Je n'étais pas sûr de ce que tout le monde voulait, alors j'ai essayé de prendre du varié, dis-je.

Je ne voulais pas venir les mains vides, et Hazel est occupée à prendre soin de Mason. Elle mérite un repas qu'elle n'a pas à préparer.

— Je suis affamé, dit Mason.

Il se dirige lentement vers la table, les suites de ses blessures le fatiguant.

— Comment se passent les réparations du restaurant ? demande Mason.

Hazel dévoile le contenu du sac en papier brun avec tous les plats pendant que je fouille dans les tiroirs pour trouver des couverts. Il y a déjà des assiettes en carton sur la table et des baguettes ainsi que des couverts en plastique pour manger.

— Lentement et pratiquement inexistantes, dis-je. Je peux vous apporter quelque chose à boire ?

J'ai suffisamment rendu visite à Mason au fil des ans pour avoir mémorisé non seulement la configuration des lieux, mais aussi l'endroit où il range tout dans les armoires.

— De l'eau, c'est bien.

Je prends trois verres dans l'armoire et les remplit chacun d'eau.

— Comment te sens-tu ? je demande en me tournant vers Mason, tout en gardant un œil sur les verres pour ne pas en reverser.

— Je suis fatigué, j'ai mal, j'ai l'impression de m'être fait tirer dessus, deux fois.

Mason rit et s'assoit avec une rudesse que je n'ai pas vue traverser son visage par le passé.

Il grimace, essayant de cacher son inconfort évident.

— Je me sens déjà mieux et j'ai hâte de retourner au boulot.

— Prêt à me virer de Tactique de l'Aigle ? je demande, en plaisantant légèrement avec lui.

Jaxson, l'un des frères de notre force spéciale, a insisté pour que je rejoigne les gars. Nous sommes tous des frères militaires et avons servi ensemble.

À l'occasion, je les ai aidés lorsqu'ils avaient besoin d'une paire de mains supplémentaire pour une affaire ou une mission sur le terrain.

— Non, tu restes. Je veux juste retourner sur le terrain avec toi.

La vérité, c'est que j'aime le restaurant pour lequel j'ai travaillé dur afin d'en faire un succès, mais il faudra encore attendre quelques mois avant de pouvoir y retourner travailler.

Le restaurant a besoin de beaucoup de réparations. La salle à manger a été saccagée par les dizaines de balles qui ont été tirées à l'intérieur. J'ai un agent d'assurance qui travaille avec moi pour les réparations, mais cela prend du temps.

J'apporte deux verres d'eau à la table pour Hazel et Mason. Je remplis le troisième verre et le pose devant mon assiette, prenant place à la table de la cuisine.

— On dirait que tu vas mieux, dis-je.

Il faut du temps pour guérir d'une blessure par balle, de la physiothérapie pour retrouver une certaine amplitude de mouvement, entre autres choses.

Hazel reste silencieuse alors qu'elle dépose son déjeuner dans l'assiette devant elle.

Mason grogne.

— Je suis prêt à sortir de cette maison. Sans vouloir offenser Hazel, dit-il en la regardant. Tu as merveilleusement bien pris soin de moi. C'est juste que je ne suis pas habitué à ce que quelqu'un s'occupe de moi.

Hazel sourit et tapote son bras valide.

— Je ne suis pas offensée et je comprends. J'adorerais sortir, prendre un verre, me sociabiliser.

Il a toujours été indépendant, même avec les femmes. Je ne me souviens pas que Mason a déjà eu une petite amie qui vive avec lui. Il garde ses relations plutôt discrètes, bien que je l'aie vu ramener une femme chez lui une ou deux fois après le bar.

— On devrait faire ça ce soir, dit Mason.

— Tu n'es pas censé boire, lui rappelle Hazel.

Il grommelle à voix basse.

— Elle a raison, dis-je, en prenant la défense d'Hazel. Nous voulons tous ce qu'il y a de mieux pour toi. Si tu es sous anti-douleurs, tu ne peux pas boire.

Je bois une gorgée d'eau et repose le verre sur la table en bois.

— Si tu veux sortir ce soir pour une heure, juste pour sortir de la maison, je peux te ramener.

Le bar n'est pas si loin de chez Mason. C'est une distance trop longue pour qu'il puisse marcher après ses blessures, mais il ne me faudra pas longtemps pour le déposer s'il tient à voir les gars pendant une heure.

Plus longtemps, et j'aurais peur qu'il en fasse trop et qu'il s'épuise. Mason n'est pas doué pour demander de l'aide.

Mason prend une bouchée de son déjeuner, le regard fixé sur la nourriture devant lui.

Je ne peux pas déterminer s'il est satisfait de ma suggestion ou s'il va me demander de partir.

— Une heure, c'est mieux que rien.

— Et si on se retrouvait tous après le dîner, mais un peu tôt ? demande Hazel. Comme ça, le bar ne sera pas aussi bondé.

Son regard croise le mien, et elle n'a pas besoin de dire la vraie raison pour laquelle elle veut qu'on se retrouve plus tôt.

Je la sais déjà.

Mason serait trop épuisé plus tard dans la soirée.

Il a des cernes sous les yeux. Ses cheveux sont en bataille, mais c'était probablement plus parce qu'il n'a pas pris de douche aujourd'hui.

— Ça paraît bien, et je suis sûr que les autres seront d'accord avec ça aussi. Je leur enverrai un sms pour leur dire de nous retrouver au bar à sept heures ce soir, dis-je.

Je finis le reste de mon déjeuner.

Mason a l'air crevé, et je ne veux pas qu'il se sente obligé de me divertir ou d'être maintenu éveillé.

— Fais une sieste. Je te verrai ce soir, dis-je.

J'aide Hazel à ranger le reste de la nourriture dans le réfrigérateur.

Mason disparait au bout du couloir et entre dans sa chambre pour se reposer.

— Comment vas-tu ? je demande, en gardant ma voix basse.

Je ne veux pas déranger Mason ou qu'il entende notre conversation.

— Ça a été dur, dit Hazel, les yeux rivés sur la table de la cuisine alors qu'elle jette les assiettes en papier sales dans la poubelle.

Je saisis les quelques couverts en argent et les verres et les apporte à l'évier pour les nettoyer.

Je ne veux pas laisser un désordre qu'elle devra nettoyer après mon départ. Elle a déjà assez à faire avec Mason.

— Il apprécie ton aide et ta présence ici, qu'il te le dise ou pas, dis-je.

— Je sais, répond Hazel en essuyant la table.

Debout devant l'évier, je laisse l'eau du robinet couler jusqu'à ce qu'elle soit chaude avant de remplir l'évier pour laver la vaisselle du déjeuner et celles, assez nombreuse, qui reste de leur petit déjeuner.

— Tu n'as pas à faire la vaisselle.

— Je sais, dis-je.

Je ne bouge pas de devant l'évier. Une fois que l'eau devient chaude, je mets le bouchon sur le trou d'évacuation et laisse le côté vide de l'évier se remplir d'eau.

Hazel désigne le dessous de l'évier.

— Le liquide vaisselle est en-dessous.

— Merci. (Je savais déjà où Mason range le savon. J'ouvre l'armoire et prend le produit. Je verse quelques gouttes dans l'évier. Une mousse se forme alors que l'eau coule et forme des bulles.) Comment ça se passe avec Mason ?

— Bien. (Les yeux d'Hazel s'écarquillent alors qu'elle les lève vers moi.) Pourquoi ? Il a dit quelque chose ?

Ses sourcils se froncent, et traîne des pieds dans la cuisine. Je me rends bien compte que je l'ai mise mal à l'aise avec ma question.

Je n'avais pas l'intention de l'offenser ou de causer un drame entre eux deux.

— Non, je sais juste que déménager dans une nouvelle ville peut être difficile, et le fait que tu ne connaisses personne et que tu sois obligée de t'occuper de Mason, c'est probablement beaucoup à gérer toute seule.

— Tu es quoi, un psychologue ? demande Hazel.

Elle croise ses bras sur sa poitrine.

— Non, j'ai juste l'habitude d'être le confident de beaucoup des gars. Mason parlait souvent de toi.

Peut-être que je n'aurais rien dû dire, mais je peux difficilement ignorer le fait évident qu'ils s'apprécient beaucoup tous les deux.

Du moins, je sais que Mason apprécie Hazel. Je ne veux pas la voir le repousser quand il finira par pouvoir s'occuper de lui-même à nouveau.

— Il l'a fait ? Sa voix se bloque dans sa gorge. A propos de quoi ?

Elle s'appuie contre le comptoir de la cuisine, son regard sur moi tout le temps que je lave la vaisselle à la main.

— Il comparait toujours les filles qu'il fréquentait à toi. Il disait qu'il était jeune et stupide et qu'il t'avait laissée partir pour faire des études.

— Je ne suis jamais allée à l'université.

— Oh.

Je ne sais pas quoi répondre à ça.

C'est la fille avec laquelle il est allé en internat et à laquelle il comparait toutes les autres après. Alors que la plupart des gars n'aurait pas parlé aussi ouvertement de leur passé, Mason a avoué avoir amèrement regretté de l'avoir laissée partir.

— Je devais y aller, dit Hazel, mais c'est une longue histoire, et je préfère changer de sujet.

— D'accord.

— Mason est un bon gars. Ça fait juste un peu beaucoup en ce moment, de prendre soin de lui et d'essayer de le mettre à l'aise. Je ne te dis même pas à quel point c'est difficile de le faire prendre une douche.

Je ris doucement dans mon souffle.

— Mason est un grand garçon. (Il fait deux fois la taille d'Hazel.) Tu ne me demandes pas de lui donner son bain, n'est-ce pas ?

Hazel sourit.

— Tu le ferais ?

— Non.

Je suppose qu'elle plaisantait, mais je ne prends pas de risques.

Il y a des limites à ne pas franchir.

Elle fronce le nez et se mit à rire.

— Mince. Ça valait le coup d'essayer.

Je finis la vaisselle et la place sur la grille de séchage, chargée à ras bord.

— Tu as besoin d'aide pour autre chose ici ? A part donner le bain à ton petit ami.

Hazel secoue la tête.

— Je m'en occupe. Je vais ranger la maison pendant que Mason fait la sieste. J'ai hâte de sortir ce soir. Ne m'en veux pas si je me saoule.

— Tant que tu ne conduis pas pour rentrer.

Ses yeux brillent d'une lueur de bonheur, quelque chose que je n'ai pas vu durant tout le temps que j'ai passé chez eux pendant le déjeuner.

L'idée de sortir et de socialiser semble avoir changé son humeur pour le mieux. J'espère que ça aidera Mason aussi.

———

Je suis arrivé tôt au bar pour m'assurer que je pourrais trouver une banquette confortable pour nous asseoir tous ensemble.

Dans le coin du bar, il y a une banquette qui peut facilement accueillir notre équipe.

Je la réserve avant que quelqu'un d'autre ne le fasse, et même si je meurs d'envie d'une bière, je patiente jusqu'à ce qu'un des autres gars arrive et puisse surveiller notre table.

— Jaxson ! Je lui fais signe alors qu'il entre dans le bar, jetant un coup d'œil autour de lui pour nous trouver.

— Où est Ariella ? je demande alors qu'il se glisse sur la banquette en face de moi.

Ses yeux se rétrécissent.

— Quoi ? Il n'y a que nous deux.

Je sais déjà qu'ils couchent ensemble, mais le reste du bureau n'est pas censé le savoir.

Il est son patron.

Techniquement, toute l'équipe de Tactique de l'Aigle est le supérieur d'Ariella, mais Jaxson couche avec elle.

Ils vivent aussi ensemble, mais ce n'est pas parce qu'ils sont ensemble. C'est le résultat de l'incendie de sa maison il y a quelques mois.

— Je ne sais pas. Ariella sera bientôt là. (Jaxson pose ses mains sur la table en bois.) On a pensé que ce serait une bonne idée de venir séparément.

— Tout va bien entre vous ?

Je n'avais pas remarqué de problème, mais ils sont doués pour cacher leur relation.

Ce qui est ironique, puisque Jaxson a été irritable et colérique pendant le bref moment où ils ont travaillé ensemble avant de se retrouver au lit.

Elle le rend heureux, et si les autres gars ne peuvent pas le voir, ils sont réellement aveugles.

Jaxson fait un signe de tête vers la porte où Declan entre, avec Mason et Hazel à sa suite.

Je sors de la banquette.

— Je vais nous chercher à boire, dis-je.

Le bar est déjà bondé, et les clients attendent leurs boissons. Je reste appuyé contre le bar, les mains jointes, attendant mon tour.

Une voix douce se racle la gorge à côté de moi alors qu'elle se précipite vers le bar et se perche sur le tabouret vide.

La voleuse de café.

Je fais signe au barman de venir vers moi ensuite, mais il n'est pas encore venu prendre ma commande de boisson.

— Toi, dis-je en posant mon regard sur la fille qui a volé mon café chaud et m'a laissé de mauvaise humeur plus tôt dans la matinée.

Elle rit doucement et fait bien attention à éviter mon regard. Ses longs cheveux couvrent une partie de son visage, la cachant de moi.

Est-ce intentionnel ?

Le barman se dirige vers moi.

— Qu'est-ce que je peux vous servir ? demande-t-il.

— Laisse-moi t'offrir un verre, dit Harper, et elle bouge sur le tabouret de bar pour me faire face.

J'ai une soudaine envie de pousser la longue mèche de cheveux de ses yeux et derrière son oreille, mais je garde mes mains pour moi.

— Je vais prendre une bière, dis-je au barman. Ce qu'il y a en fût.

Alors que je me suis approché du bar pour commander des boissons pour la table, je me retrouve à m'intéresser à la nouvelle fille mystérieuse qui a débarqué à Breckenridge.

Est-elle ici en vacances comme tous ceux qui ne vivent pas dans la petite ville ?

Harper sort sa carte de crédit de son portefeuille et la fait glisser sur le comptoir du bar jusqu'au barman.

— Je te l'offre. Je vais prendre une vodka orange.

Le barman me sert d'abord ma bière, puis il se met au travail pour préparer une vodka orange pour Harper.

Bien que je ne suis pas du genre à laisser une femme payer mes verres ou m'inviter à dîner, Harper m'avait énervé plus tôt ce matin-là.

Le moins qu'elle puisse faire était de s'excuser, et puisque ça n'a pas été le cas, je me contente d'une bière pression.

— Merci, lui dis-je en sirotant ma bière.

Je ne peux m'empêcher de remarquer que le tabouret de bar à côté de Harper est vide.

Je jette un coup d'œil à mes amis. Ils me font un pouce en l'air quand ils remarquent que je parle avec Harper.

— C'est le moins que je puisse faire après ce matin, dit Harper. Je suis dangereuse avant de prendre mon café.

Je m'assoie sur le tabouret et me décale pour lui faire face.

— Moi aussi.

Elle n'est pas la seule à être dangereuse, mais je tiens ma langue.

Elle n'a pas besoin de connaître ma vie, qui je suis, ou ce que je fais dans la vie. J'aime le côté mystérieux pour une fois.

Harper ne sait rien de moi, et je peux faire en sorte que cela reste ainsi.

Le barman tend à Harper sa vodka orange et elle sirote le liquide orange, ses yeux plissant à chaque gorgée.

N'a-t-elle pas l'habitude que la boisson soit forte ? Elle a commandé de la vodka et du jus d'orange, elle devrait s'y attendre.

— Que fais-tu à Breckenridge ? je demande.

La plupart des touristes viennent en hiver à la station pour faire du ski et du snowboard. Nous attirons les sports nautiques comme le rafting et le kayak en été, mais le printemps est généralement calme et tranquille avec les nouveaux arrivants.

— Je suis ici pour faire sauter la ville.

CHAPITRE DEUX

HARPER

Je le vois entrer dans le bar, le bel homme dont j'ai piqué le café plus tôt ce matin-là.

Je ne peux pas empêcher la colère de bouillonner dans mes veines pendant que j'attends ma dose de caféine.

La fille derrière la caisse n'a pas seulement été impolie et m'a fait payer trop cher, elle s'est aussi trompée dans mon nom.

Puis il est entré et lui a souri. Un regard, et elle était en admiration.

Ils sont en couple ?

Dégoûtant.

J'ai eu envie de vomir. Je voulais aussi vraiment mon café.

La serveuse était déjà en train de préparer la concoction qu'il avait commandée, mais la mienne n'était nulle part, et ils n'avaient pas appelé mon nom pour me dire qu'elle était prête.

J'ai fait mon enfant gâtée et j'ai volé son café chaud. Je l'ai fait des dizaines de fois sur le plateau du studio, mais ici, ce n'est pas un studio de cinéma. J'ai été stupide et impolie.

Et le café était affreux. Amer et noir. Je l'avais mérité.

J'ai passé la journée dans ma chambre de motel.

Je n'ai pas loué un logement au centre de vacances, où j'ai lu que l'hébergement était bien plus luxueux.

Mon agent m'a installé dans ce trou à rats pour que personne ne me reconnaisse.

C'est nul.

Ma journée est passée de mauvaise ce matin-là, sans café, à pire quand j'ai découvert que les dirigeants du studio ont choisi d'engager une équipe de sécurité privée pour m'éviter des ennuis.

J'aime les ennuis.

Du moins, c'est ce que le studio et les tabloïds écrivent.

Je me suis fait une réputation de *diablesse*. Ça n'a pas été difficile, et mon agent m'a dit qu'un manque de publicité était de la mauvaise publicité.

Est-ce vrai ?

Cela m'a valu quelques nouveaux rôles dans des films, et je suis mentionnée dans toutes les émissions et tous les magazines de divertissement de façon semi-régulière.

Je suis la fille dont ta mère essaye de t'éloigner. Celle qui vole ton petit ami et couche avec un homme juste pour jouer avec lui.

Sauf que ce n'est pas la vraie moi.

Je peux encore compter sur les doigts d'une main le nombre d'hommes avec lesquels j'ai couché dans ma vie.

Je suis timide, introvertie, et je déteste être seule.

Le reste n'est que de la comédie. C'est une bonne chose que je sois une actrice et une sacrément bonne.

J'ai trompé le monde, et quelque part, je me suis trompée moi-même en faisant mine d'être heureuse.

Je me suis assise à une table solitaire, sirotant une vodka orange.

Je veux avoir l'air d'une dure. Je ne peux pas boire un truc girly, même si c'est ce que j'aurais préféré.

À tout moment, quelqu'un peut me reconnaître et prendre une photo d'Harper Madison. Elle serait sur tous les réseaux sociaux en quelques minutes. Je dois faire attention.

Quand je *l'*ai vu entrer dans le bar avec détermination, il s'est avancé et s'est assis dans la cabine du coin, la plus grande du bar.

Je n'ai pas pu m'empêcher de le regarder, fascinée.

Je meurs d'envie d'aller le voir, d'engager la conversation et de m'excuser d'avoir été une sale gosse tout à l'heure, mais je ne peux pas bouger de ma position.

Il s'appelle Lincoln. Du moins, c'était le nom sur sa tasse de café, à moins que la fille se soit trompée dans son nom aussi ?

Ses amis ont débarqué et il a fini par se diriger vers le bar pour prendre un verre. C'est mon moment, ma chance de lui parler, ce qui me conduit à une mauvaise blague et à la crainte qu'il ne me fasse arrêter.

Il a été poli, et j'ai gagné son attention en lui offrant une bière. C'est le moins que je puisse faire, et alors que j'aurais dû sortir et m'excuser pour mon comportement ce matin-là, j'ai trouvé trop difficile de prononcer les mots.

— Que fais-tu à Breckenridge ? demande-t-il.

— Je suis ici pour faire sauter la ville.

C'est une blague. Une blague nulle puisque je suis venue pour aider sur le tournage d'un film.

— Pardon ? demande Lincoln, les yeux écarquillés et la bouche ouverte.

Ma blague sur le fait d'être ici pour faire sauter la ville n'est visiblement pas bien passée.

Il pose son verre sur le bar, avec force.

— C'était une blague.

Il attrape mon poignet et me tire du tabouret. Ses yeux parcourent mon corps, provoquant un frisson dans ma colonne vertébrale.

Est-ce qu'il m'a reconnue ?

Je ne suis pas déguisée, mais le bar est faiblement éclairé, et c'est une petite ville.

— Dois-je appeler le shérif ? demande Lincoln.

Sa prise ne se relâche pas de mon poignet.

Il pourrait rapidement me tirer les deux bras derrière le dos et m'attacher.

Est-ce ce qu'il veut faire ?

Une petite partie de moi aimerait ça de lui, sa domination.

C'est un bel homme, et sa nature sombre me fait frissonner et me donne chaud et des picotements partout.

— C'était une blague, je répète en haussant le bras pour tenter de me dégager de son emprise. Tu vas me laisser partir ?

Ses yeux sont crispés et étroits, sa mâchoire serrée. Est-ce à ça que ça ressemble de l'énerver ?

Je ne veux pas être témoin de son courroux lorsqu'il est en colère.

— Il n'y a rien de drôle à menacer notre ville, dit Lincoln.

Il retire sa main de mon poignet, et je tire mon bras en vitesse. Je frotte mon poignet à l'endroit où sa main m'a serré, mais il n'y a pas de marque.

— Pourquoi es-tu vraiment ici, Harper ? Est-ce même ton vrai nom ?

Je souffle un grand coup par le nez, fixant mon poignet, surprise qu'il n'y ait pas de bleu, de marque rouge, de preuve qu'il m'ait touchée.

— Oui. Non.

Je peux encore sentir sa poigne ferme, même si ses mains ne sont plus près de mon corps.

— C'est lequel ?

— C'est compliqué, dis-je.

Harper est mon nom de scène, le nom sous lequel tout le monde me connait, mais ce n'est pas le nom qu'on m'a donné à la naissance. Je n'ai pas beaucoup d'amis, et les rares personnes qui me connaissent m'appellent Harper parce qu'elles n'ont appris à me connaître qu'après que je me sois fait un nom. À l'exception de quelques personnes comme mon agent et les cadres du studio qui m'appellent comme ils veulent, quand ils veulent.

Ses yeux s'adoucissent.

— Comment veux-tu que je t'appelle ? demande-t-il.

Ses mots sont calmes, doux, et son ton semble sincère, comme s'il se souciait de moi.

Il ne me reconnait pas comme étant Harper Madison ?

Peut-être qu'il ne regarde pas les films de nana. Peut-être qu'il ne m'a jamais vue avant ce matin au café.

— Harper ça me va.

Je ne peux pas cacher qui je suis, même si je voulais essayer.

Une partie de moi veut se cacher, s'échapper, et que personne ne connaisse mon passé.

Tourner dans une petite ville a ses avantages, mais y vivre, je ne suis pas sûre d'être faite pour ça.

Je suis même sûre de ne pas être prête à m'installer dans une ville de moins de mille habitants. Le studio où nous avons tourné à Los Angeles avait plus de personnes travaillant sur un plateau que la ville de Breckenridge.

— Tu es Lincoln, c'est ça ? je demande.

Ses lèvres se retroussent en un léger sourire.

— Oui, c'est moi, répond-il en sirotant sa bière.

— On peut revenir en arrière, reprendre à zéro ? je demande en tendant la main pour me présenter. Je m'appelle Harper.

— Lincoln, dit-il et il me serre la main en riant. (Il incline légèrement la tête sur le côté, me regardant fixement.) Tu n'as pas répondu à la question de pourquoi tu es en ville.

— Ah, oui, ris-je doucement, je supposais que je ne m'en sortirais pas si facilement. Je suis là pour filmer un petit truc pour le studio.

C'est un petit mensonge innocent.

Si je suis ici pour un tournage pour le studio, ce n'est pas petit ou insignifiant. Le budget seul est probablement plus important que la valeur de la ville.

Lincoln termine sa bière et fait signe au barman pour en avoir une deuxième.

Sans réfléchir, je commande une deuxième vodka orange.

Les boissons sont fortes, mais je ne veux pas que la nuit se termine. Il est encore tôt, et j'ai gagné toute l'attention du bel inconnu, Lincoln, et ce n'est pas à cause de mon statut de célébrité.

— Je vais en prendre propre un autre aussi, dis-je.

Lincoln sort sa carte de crédit.

— C'est moi qui paie, dit-il au barman en lui remettant sa carte de crédit. Ouvrez un compte.

Il se tourne vers moi avant de reprendre.

—Tu es là pour filmer une publicité ou autre chose ? demande Lincoln.

Ses doigts tapotent contre le comptoir du bar alors qu'il est assis face à moi.

Nos genoux se frôlent, et mon corps frissonne à l'idée de savoir à quoi il ressemble déshabillé.

— Quelque chose comme ça, je réponds.

Lincoln est beau, mais pas mon genre habituel. Il est fort, musclé, et ressemble un peu à un bûcheron avec sa barbe épaisse et ses vêtements d'extérieur.

Je n'ai jamais rencontré de bûcheron auparavant.

Le barman nous apporte nos deux boissons et les pose sur le comptoir.

En me penchant, je prends mon verre en même temps que Lincoln, respirant son odeur masculine.

Je ferme momentanément les yeux alors que le bar me semble plus chaud de plusieurs degrés.

Mon visage est-il rouge ?

Peut-il sentir mon attirance ? Je le connais à peine.

Qu'est-ce qui me prend ?

Je ne bois pas souvent car je suis une petite nature face à l'alcool.

Il ne fait aucun doute que je peux facilement être mise sur le cul, mais c'est le résultat de ma surveillance sur tout ce que je mange pour le tournage. Mon agent a été strict et direct, me rappelant de compter les calories parce que la caméra est impitoyable.

En sirotant ma boisson, je fuis son regard intense.

— On n'a pas à parler de travail, dit Lincoln.

Je pousse un soupir de soulagement. Bien.

— Tu sais d'où je viens. On dirait que j'ai un désavantage. D'où viens-tu ? New York, Los Angeles, ailleurs ?

— Juste en dehors de L.A., dis-je. Tu as vécu ici toute ta vie ? Tu vis dans une cabane dans les bois ?

Il a l'air du genre à éviter la civilisation.

Lincoln rit et pose le verre de bière à moitié vide sur le comptoir à côté de lui.

— J'ai beaucoup voyagé, et j'ai passé pas mal de temps dans l'armée, mais j'ai toujours appelé le Montana mon chez-moi

— Tu étais dans l'armée ? je répète, surprise par son apparence.

J'ai toujours pensé que les militaires gardaient leur coupe en brosse, mais c'est un stéréotype de toute évidence.

Les yeux de Lincoln s'adoucissent alors qu'il parle.

— Ça fait quelques années, mais j'étais dans l'armée, dans les forces spéciales.

— Wow. C'est impressionnant.

Ce n'est pas étonnant qu'il soit bâti comme une statue, parfait dans tous les sens du terme.

Je finis le reste de ma vodka orange et tends le bras, ma main touchant son biceps. Il est vraiment gros.

— Je me demande ce qu'il y a d'autre de gros, dis-je tout bas.

Lincoln me regarde fixement.

— Tes muscles sont gros, je balbutie.

Merde.

Puis-je déblatérer davantage et m'embarrasser encore plus ?

— Tu es canon.

Apparemment oui.

Je dois me taire, mais je ne semble pas en être capable. Les mots continuent à franchir mes lèvres.

Il prend une autre gorgée de sa bière, et je m'assure que chaque goutte a disparu de mon verre avant de faire signe au barman pour un autre.

Lincoln secoue la tête pour dire non.

— Je crois que tu as dépassé ta limite.

— Je n'ai pas l'habitude de boire, dis-je.

La pièce vacille un peu, mais plus que tout, mon regard se pose sur lui. C'est comme s'il était le seul à exister, et que rien d'autre ne comptait.

Je me pince l'arête du nez.

— Tu as peut-être raison. Je devrais probablement retourner à l'hôtel.

Autant je voudrais bien qu'il se joigne à moi, autant je ne suis pas à l'aise de l'inviter dans ma chambre.

J'ai peut-être voulu être *cette* fille, mais je ne suis pas elle.

— Et si je te ramenais en voiture ? Il fait signe au barman de fermer nos comptes et de nous libérer.

Un sourire penaud traverse mon visage.

— Je ne pense pas que ce soit une bonne idée.

— Que tu conduises en est une encore pire, dit Lincoln.

Il a raison, mais heureusement mon motel est de l'autre côté de la rue et ne m'oblige pas à prendre le volant d'une voiture.

— Je loge juste à côté, dis-je en faisant un geste de la main.

Le barman me glisse un reçu et un stylo pour le signer, ainsi que ma carte de crédit. Nous fermons tous les deux nos comptes.

Il marmonne quelque chose à voix basse.

— Quoi ? demandai-je.

Je signe le reçu, ma signature étant un tas de boucles et de gribouillages, illisible, et je remets ma carte de crédit dans mon portefeuille.

Râle-t-il à cause du prix des boissons ou de l'endroit où j'ai réservé une chambre ?

— Je vais te raccompagner, dit Lincoln.

S'il veut m'accompagner à travers la rue dans le noir, j'accepte cette proposition, mais c'est tout ce que je suis prête à accepter.

— Si ça te fait plaisir.

Je ne compte pas l'inviter dans ma chambre pour boire un verre ou autres actes scandaleux. Il fait nuit dehors et marcher seule dans une petite ville au milieu de nulle part n'est probablement pas une sage décision.

Je glisse du tabouret, mes pieds fermement plantés sur le sol, mais mon corps oscille. J'ai bu une vodka orange de trop ...ou deux.

— Ouah, là, dit Lincoln.

Il s'empresse de passer un bras autour de ma taille pour me stabiliser.

Si j'apprécie son contact, je ne veux pas non plus qu'il ait l'impression que je suis intéressée par plus, du moins pas pour le moment.

Je viens juste de rencontrer ce type.

Techniquement, je l'ai rencontré plus tôt ce matin-là, mais c'est toujours la même foutue journée.

Je pousse un soupir, essayant de me stabiliser dans le bar.

— Je vais bien, dis-je en le regardant alors qu'il se tenait à côté de moi, me surplombant. Tu n'as pas besoin de me tenir. Je ne vais pas tomber.

Il se penche vers moi, son souffle chaud provoque des picotements dans mon corps.

— Si tu insistes, chuchote Lincoln.

Sa prise serrée autour de ma taille se relâche.

Je glisse hors de son emprise et sors du bar en titubant, un pied devant l'autre. Je ne tombe pas, mais il a raison, je ne peux pas prendre le volant d'un véhicule.

Je sors dans la fraîcheur de la brise printanière et m'entoure de mes bras.

Lincoln me suit en marchant à mes côtés. Il ôte son manteau.

— Attends, dit-il en enroulant sa veste autour de mes épaules. Tiens.

Je glisse mes bras dans les manches, me sentant déjà réchauffée. Il a des manches longues et a réfléchis au froid qu'il ferait en sortant dans la nuit, contrairement à moi avec mes manches courtes.

— Merci, dis-je et je serre davantage le manteau léger.

Je n'aurais pas dû emprunter sa veste. L'odeur de son parfum masculin est enivrante alors qu'elle enveloppe mes sens.

Je prends une longue et profonde inspiration, respirant son parfum, mon corps chaud et picotant.

— Tout va bien ? demande Lincoln en levant un sourcil.

Merde.

A-t-il remarqué ce que je faisais ?

Non. Il n'a pas pu.

Je glisse mes mains dans les poches de son manteau, mes doigts se réchauffant déjà. Ensemble, nous traversons la route tranquille en direction du motel.

Pourquoi le parking est-il rempli de véhicules ? Le motel n'était pas bondé quand je m'y suis enregistrée. Les chambres ont-elles toutes été réservées au cours des deux dernières heures ?

Un éclair de lumière vive dans l'obscurité m'aveugle.

Je lève le bras pour protéger mon visage et mon identité.

— Putain, dis-je avec un gémissement et je cesse de marcher.

On m'a trouvée.

CHAPITRE TROIS

JAXSON

— C'est gentil de la part de Lincoln de nous offrir un verre, dis-je.

Notre ami et nouveau membre de l'équipe de Tactique de l'Aigle a disparu au bar et n'est pas revenu.

Je me serais inquiété si je n'avais pas remarqué qu'il était assis sur un tabouret, en train de parler à la jolie petite blonde.

J'ai tendance à être observateur de nature. Mon entraînement militaire joue un rôle dans l'équation, mais je n'ai pas remarqué l'approche de la blonde. Seulement qu'elle s'était assise sur un tabouret à côté de lui.

A-t-il proposé d'aller nous chercher à boire parce qu'il voulait lui parler ?

Ou s'était-elle faufilée et lui avait-elle parlé en premier ?

Ariella est assise en face de moi.

La grande banquette est froide et solitaire. Je la veux sur mes genoux, lovée contre mon corps. Cela devra attendre plus tard.

Ce soir.

Dans l'intimité de ma maison.

C'est compliqué.

Je suis le patron d'Ariella, et nous avons une règle de non-fraternisation.

Évidemment, cela n'a pas duré. C'était trop difficile pour moi de travailler près d'elle et de vivre avec elle. La cohabitation s'est faite avant que nous soyons ensemble.

Enfin, en quelque sorte.

Nous avions couché ensemble, et ensuite sa maison a brûlé.

Comme j'étais son voisin, je lui ai proposé de venir chez moi. Une nuit s'était changée en deux.

Elle ne peut pas se permettre de vivre ailleurs, et elle est super avec ma fille Izzie.

Mais cacher notre relation aux gars, c'est la chose la plus dure que je n'ai jamais faite.

Mais je ne vois pas d'autre choix. Ariella a besoin de ce travail, et j'ai besoin d'elle.

Mason grogne dans sa barbe alors qu'il est assis à côté d'Hazel et moi à côté de lui.

— Quoi ? je demande, en jetant un coup d'œil à Mason.

— Je veux un verre - un shot très fort de quelque chose. N'importe quoi, dit Mason.

Hazel tapote son bras valide, celui qui n'a pas été touché récemment.

Mason est toujours en convalescence ; bien qu'il soit sorti de l'hôpital depuis six semaines, il faut du temps pour guérir et récupérer.

On aurait dit qu'il devenait un peu fou, mais je ne peux pas le lui reprocher. Je ne pense pas que je pourrais supporter d'être enfermé chez moi pendant six semaines, non plus.

Il donne un coup de coude à Hazel à côté de lui.

— Tu vas vraiment me dire que je ne peux pas prendre un verre ?

— C'est ça, gros dur. (Sa main glisse sur sa cuisse, et je détourne mon regard.) Pas d'alcool jusqu'à ce que tu aies le feu vert du médecin. Tu as un rendez-vous demain, et s'il dit que tu peux boire comme un trou, alors je t'apporterai tout l'alcool que tu veux.

— Il ne dira pas ça, dis-je.

Il est impossible que son médecin fasse une telle déclaration.

Hazel passe une main dans les cheveux de Mason, repoussant les longues mèches sombres de ses yeux.

— Que dirais-tu que je te prenne quelque chose de spécial au bar, une douceur sans alcool ?

— Tu me charries, gémit Mason.

Hazel dépose un baiser sur sa joue avant d'enjamber Ariella et de sortir de la cabine pour se diriger vers le bar.

— Je vais lui donner un coup de main, je propose en me glissant du côté opposé de la cabine.

Je suis Hazel jusqu'au bar, du côté opposé à celui où se trouvaient Lincoln et la jolie fille.

Elle me semble presque familière, mais je n'arrive pas à savoir pourquoi.

Hazel s'appuie contre le comptoir et fait signe au barman. Le bar est occupé, bondé, ce qui est inhabituel pour un dimanche soir.

Quelques locaux sont assis au bar, mais la plupart des tables sont constituées de visages inconnus, et pour une petite ville, c'est inhabituel, surtout en dehors de la saison touristique.

Y a-t-il un événement au Blue Sky Resort ? À l'occasion, il y a eu des conférences hors saison qui ont rempli toutes les chambres de l'endroit et attirent les touristes dans tous les coins de la ville.

— Est-ce que tu la reconnais ? demande Hazel, ses yeux braqués sur la blonde avec laquelle Lincoln discute.

Je pousse un lourd soupir.

— C'est comme si elle était familière, mais je ne suis pas sûr d'où.

Le barman finit par s'avancer, et nous commandons deux pichets de bière ainsi qu'un daiquiri sans alcool pour Mason.

Je donne ma carte de crédit au barman pendant qu'il enregistre les commandes.

— Mason va te tuer, ai-je murmuré à l'oreille d'Hazel.

Je n'ai jamais vu cet homme boire quoi que ce soit de girly dans ma vie, et encore moins de non-alcoolisé.

Hazel sourit en se tournant vers moi.

— Pourquoi ? Je lui ai dit qu'il aurait une douceur sans alcool. Bien sûr, ce ne sera pas moi.

Mes yeux s'écarquillent, et je jette un regard en arrière vers le barman.

— C'était plus d'informations que je n'en avais besoin.

J'aurais dû me commander quelque chose de plus fort que de la bière ce soir si je dois écouter les flirts d'Hazel et Mason.

— Oh, allez. Je vois la façon dont toi et Ariella vous vous regardez. Tu devrais l'inviter à danser, dit Hazel.

— Nous sommes collègues. Plus important encore, je suis son patron.

Hazel n'a pas la moindre idée qu'Ariella et moi sommes ensemble.

N'est-ce pas ?

Le barman me tend le reçu, et je signe le bout de papier avant qu'il ne me tende deux pichets de bière.

Je ramène les pichets à la table pendant qu'Hazel porte le daiquiri à la fraise à la table et le place devant Mason.

— Tu te moques de moi, dit Mason.

Il n'a pas l'air très heureux de voir le granité posé sur la table en face de lui.

— Si tu ne le bois pas, je le ferai, dit Hazel.

Mason pousse le verre de l'autre côté de la table vers Hazel.

— Vas-y.

Je retourne au bar pour prendre une pile de gobelets en plastique transparent pour la bière.

— Besoin d'un coup de main ?

La voix douce et chaleureuse d'Ariella me prend au dépourvu alors qu'elle se tient derrière moi.

Je me retourne et lui tends quelques gobelets pendant que je porte le reste à la table.

— Bien sûr. (J'apprécie son aide.) Merci.

C'est très difficile de rester assis en face d'elle pour une sortie sympa sans la toucher, la goûter, sentir son corps blotti contre le mien - une pure torture.

Je pose les gobelets en plastique sur la table et attrape la main d'Ariella avant qu'elle ne puisse se rasseoir.

Ariella a déjà déposé les gobelets sur la table, et Hazel commence à les distribuer et à verser de la bière dans chacun d'eux.

— Danse avec moi, dis-je, suivant le conseil d'Hazel.

Si elle ne pense pas que c'était un problème, alors peut-être que les gars ne le penseraient pas non plus.

Les yeux d'Ariella s'écarquillent.

— Jaxson, chuchote-t-elle, en gardant sa voix basse et silencieuse.

Il est difficile de l'entendre par-dessus le son pulsé de la musique qui est diffusée par les haut-parleurs.

— Ce n'est pas une soirée karaoké. Je ne te demande pas de chanter avec moi.

— Si tu le fais, je te tue, dit Ariella. Même Izzie sait que je ne chante pas.

Je ris tout bas. Elle m'a entendu chanter pour le coucher d'Izzie plusieurs fois, et même si je ne suis pas très doué pour le chant, je sais chanter, la plupart du temps.

— Alors danse avec moi, dis-je en serrant fermement sa main.

C'est juste une danse.

Tout le monde à Tactique de l'Aigle sait qu'il y a une attirance entre nous.

Il n'y a pas de mal à danser.

J'ai déjà eu du mal à garder mes mains pour moi au bureau, mais je n'ai pas d'autre choix. La pencher sur mon bureau et la prendre comme je le voudrais n'est pas vraiment considéré comme professionnel.

Je la tire plus près de moi.

Elle gémit et me laisse la serrer contre mon corps.

— Est-ce que je vais devoir danser avec tous mes collègues de travail ? demande Ariella. Parce que je ne suis pas à l'aise pour être aussi intime avec Declan, Aiden, Mason ou Lincoln.

En riant, je la serre contre moi.

— Juste moi.

— Tant mieux, parce que je ne veux sentir aucun d'entre eux se frotter à moi, souffle Ariella à mon oreille.

Elle enroule ses bras autour de mon cou, ses doigts chauds contre ma peau.

La regardant dans les yeux, j'ai envie de l'embrasser, mais je ne peux pas, pas avec les autres qui regardaient.

Il n'y a pas un coin, un couloir où nous faufiler et l'emmener pour quelques baisers et moments intimes ensemble....

— Je veux te ramener à la maison, faire ce que je veux de toi, Taches de rousseur.

Chaque once de force en moi est concentrée sur le contrôle de mes impulsions.

Je dois séparer nos regards et détourner les yeux. La tentation qu'elle représente est juste trop forte.

Son odeur.

La sensation de son corps chaud serré contre moi.

J'ai besoin d'elle.

Lincoln se lève et aide la jeune blonde à se lever.

Je suppose qu'il ne se joindra pas à nous ce soir. Ça me convient. Je ne sais pas combien de temps encore je vais vouloir rester au bar et garder mes mains pour moi.

— Tu veux partir d'ici ? je chuchote à son oreille.

Taches de rousseur sourit et rit de moi, ne reculant que légèrement.

— Je le veux, mais on ne peut pas. Lincoln est parti, et Mason a besoin d'un ami, tout comme Hazel.

— Ils ont Aiden et Declan.

Ces gars sont toujours célibataires, pour autant que je sache. S'ils sont sortis avec quelqu'un récemment, ils ne l'ont pas mentionné.

— Tu vas suggérer qu'on laisse Hazel avec ces trois-là ? Cette pauvre fille s'est occupée de Mason pendant un mois.

— Plus, dis-je.

— Quoi ?

— Ça fait plus d'un mois. Six semaines qu'elle joue à l'infirmière à ses côtés.

Mason est loin d'être du genre à divulguer des détails salaces sur ce qui s'est passé ou non entre eux.

— Jouer à l'infirmière ? (Ariella laisse ses mains glisser le long de mon dos, me serrant contre elle alors que nous dansons intimement.) C'est la première fois que j'en entends parler.

— Elle te l'aurait dit ?

— Probablement pas, dit Ariella, un sourire éclatant sur le visage. (Elle plisse les yeux vers moi.) On devrait probablement retourner à la table. Tu devrais proposer de danser avec Hazel.

— Pourquoi ?

C'était l'idée d'Hazel que je danse avec Ariella, non pas que je n'y ai pas pensé, mais je n'étais pas sûr que ce soit une bonne idée.

Elle se dégage de moi, et la pièce semble se refroidir de plusieurs degrés.

Ariella retourne vers la banquette et s'y glisse pour s'asseoir.

Je m'assois à côté de Mason et j'attrape la bière sur la table qui n'a pas été touchée.

Hazel se racle la gorge, un énorme sourire sur le visage.

— Tu ne vas pas m'inviter à danser ? J'aurais bien besoin d'un peu de ces frotti-frotta.

Je crache presque la bière dans ma bouche, toussant à ses mots.

Mon téléphone sonne dans ma poche, je le prends et réponds. N'importe quoi pour sortir de cette conversation avec Hazel. Ensuite, elle m'aurait probablement demandé si Ariella et moi couchions ensemble.

— Tactique de l'Aigle ? Je réponds à mon interlocuteur en me levant, emportant le téléphone avec moi en me dirigeant vers l'extérieur, où le calme règne et où je peux entendre ce qui se dit.

— Bonjour, oui. J'aimerais me renseigner sur vos services de sécurité. Nous cherchons à engager des agents de sécurité pour notre tournage dans votre région, à partir de demain.

— Vous réalisez que nous sommes à Breckenridge, dans le Montana.

Je n'ai pas entendu parler d'une production de film dans notre ville.

Une telle nouvelle aurait voyagé rapidement.

— Oui, notre directeur de studio était censé vous contacter, mais il semble qu'il ait négligé de le faire. Je m'excuse pour ce retard, mais nous avons besoin d'une équipe de sécurité complète pour nous encadrer pendant le tournage, et notre police d'assurance exige que notre vedette ait un garde du corps.

Je pousse un gros soupir.

— Combien de personnel de sécurité avez-vous besoin sur place pendant le tournage ? demandai-je.

— Une équipe de quatre ou cinq devrait suffire, en plus de quelqu'un chargé de la surveillance d'Harper Madison. Je vous enverrai par SMS sa photo ainsi que le lieu de tournage, qui commence demain matin. Je dois vous prévenir. Mlle Madison n'apprécie pas – comment le dire poliment – tout ce que le studio fait pour assurer sa sécurité. Il est nécessaire qu'elle ne soit pas au courant de vos services.

— Ce n'est pas comme ça que nous travaillons, dis-je.

Nous ne pouvons pas la protéger si elle ne veut pas de nous.

— Je ne demande pas, monsieur. Le contrat stipulera que Mlle Madison ne devra pas être mise au courant de sa protection rapprochée par une personne de votre société ou employée par elle.

— Et si je dis non ?

— Ce n'est pas une option.

CHAPITRE QUATRE

LINCOLN

Je n'ai jamais vu le parking du motel encombré d'autant de véhicules, voitures, camions et camionnettes.

— La voilà ! crie un homme de l'autre côté de la route alors qu'il se tient devant le motel.

Un flash lumineux jaillit une fois, deux fois, et avant que je puisse compter combien de fois encore, je me rends compte que Harper a arrêté de marcher et s'est protégé le visage.

Les portes des véhicules commencent à s'ouvrir et à se refermer en claquant.

Des hommes à pied avec des appareils photo et des caméscopes se précipitent vers nous.

— Vite, mon camion.

Je saisis sa main libre qui ne la protège pas et la conduis à mon camion.

Je sors mes clés de ma poche alors que nous nous précipitons vers le côté passager. Je lui ouvre la porte et la referme alors que les hommes affluent sur le parking du bar.

Qui diable sont-ils ? Je ne me suis pas arrêté pour demander ou pour le découvrir.

Je cours jusqu'au côté conducteur, grimpe dans le camion, et démarre le moteur.

— S'il te plaît, sors-moi de là.

Sa voix tremble quand elle parle.

Elle n'a pas besoin de me le dire deux fois.

Tirant sur ma ceinture de sécurité, je mets le camion en marche arrière, le sortant du parking à la hâte, mes roues crissant dans la foulée.

— Merci.

Ses mots sont faibles. Sa voix semble fragile.

Je laisse une traînée de poussière derrière moi alors que nous nous éloignons du bar à toute vitesse.

Personne ne nous suit, du moins pas encore. Je prends le col de la montagne vers le nord.

— Où veux-tu que je te dépose ?

Son motel est un trou à rats. L'endroit est connu pour ses punaises de lit et son peu de clients. Je ne comprends pas comment il peut rester ouvert.

— Un endroit tranquille où ils ne me trouveront pas.

Qui sont-*ils* exactement ?

Des paparazzi ?

Je prends la direction du nord sur le col de la montagne et me dirige vers le restaurant. L'endroit est calme et désert. Il n'y aura personne pour s'arrêter ou nous déranger.

— Bien sûr.

Je n'insiste pas avec des questions. Du moins, pas encore.

De temps en temps, je jette un coup d'œil dans le rétroviseur, pour m'assurer que nous ne sommes pas suivis.

Au loin, des phares brillent dans mon rétroviseur. Je presse l'accélérateur plus fort, montant la montagne plus rapidement. Heureusement, la neige a récemment fondu et, bien qu'il y ait eu quelques jours de boue, le temps a été sec et ensoleillé récemment.

Je quitte le col de la montagne en direction du restaurant et éteins les phares.

— Comment arrives-tu à voir ? demande Harper, en fixant la route devant nous.

Je ne vois absolument rien. Je ralentis à une vitesse rampante mais ne m'arrête pas. Je dois être prudent.

J'ai emprunté ce chemin des milliers de fois dans l'obscurité, mais jamais sans phares. J'avance lentement, connaissant bien le chemin.

Les arbres nous entourent des deux côtés de la route, ce qui rend difficile de voir ce qui se trouve devant nous. La nouvelle lune n'offre aucune lumière, mais les arbres l'auraient cachée de toute façon.

J'attends.

Un moteur rugit derrière nous et dépasse l'allée.

Une minute plus tard, une fois que je suis sûr que le voyageur ne peut pas nous voir, j'allume mes phares et descends le sentier vers le restaurant.

Harper pousse un gros soupir.

— Ne t'inquiète pas. Tu es en sécurité ici. (Je gare le camion devant le restaurant et coupe le moteur.) Viens. Entrons.

Elle sort du camion et me suit jusqu'aux marches du porche du restaurant.

Je déverrouille la porte d'entrée et allume les lumières. Je me précipite vers les stores, les fermant, m'assurant que personne ne puisse nous voir à l'intérieur, et même si je n'ai pas l'intention de traîner au rez-de-chaussée, je ne veux prendre aucun risque.

— Wow, murmure Harper.

Elle se tient près de la porte d'entrée et la ferme après avoir fait un pas à l'intérieur.

Je ferme un autre store, les rideaux obscurcissent le bâtiment de l'extérieur.

— Assure-toi de verrouiller la porte.

Harper tourne sur ses talons et bloque le verrou avant de faire un pas de plus dans le restaurant.

— Que s'est-il passé ici ?

— Longue histoire, dis-je.

Avec les derniers rideaux fermés, je jette un coup d'œil autour de moi, satisfait qu'elle ne soit pas vue.

Avec son sourcil levé, elle me fixe.

Attend-elle que je poursuive ? Elle n'est pas très communicative à propos des hommes qui nous poursuivent avec des caméras. Je suppose que ce sont des paparazzi, mais je ne suis pas sûr.

Je n'ai jamais été poursuivi par des hommes avec des caméras, seulement par des hommes armés.

Elle retire mon manteau et le laisse lentement glisser de ses épaules avant de me le tendre.

Je prends le manteau et le porte avec moi jusqu'à l'escalier.

— Tu viens ? je l'appelle.

Je ne me retourne pas.

Le bruit léger de ses pas est sa réponse.

Elle me suit dans la cage d'escalier et dans mon appartement. Harper se racle la gorge.

J'allume les lumières et vérifie que les rideaux de l'étage sont également fermés. Je ferme les stores du salon qui donnent sur le parking du restaurant. Même si je n'attends pas de visiteurs, je ne veux pas non plus prendre de risques. Clairement, elle ne veut pas être vue ou trouvée.

— Assieds-toi, dis-je en faisant un geste vers le canapé en cuir.

Elle s'enfonce dans la matière souple. Enlevant ses chaussures, elle ramène ses jambes le long de son corps. Ses yeux sont lourds.

Est-elle épuisée, ou est-ce l'alcool qui la rend somnolente ?

— Merci. (Ses paupières se ferment momentanément avant de s'ouvrir à nouveau.) Tu dois te demander ce qui s'est passé tout à l'heure, au motel.

J'ouvre la malle en bois que ma grand-mère m'a donnée et récupère une couverture, que je lui tends.

La main d'Harper se tend, agrippant le coton avant de le tirer sur ses jambes. Elle semble se détendre sous la chaleur de la couverture.

— Tu ne me dois aucune explication, dis-je.

Je ne vais pas la forcer. Si elle veut me le dire, elle le fera.

Ses paupières se referment. Cette fois, elle baille et tire la couverture plus haut vers son menton en s'allongeant sur le canapé.

Je lui indique que je vais prendre un oreiller pour la mettre plus à l'aise si elle veut passer la nuit ici.

— Je veux bien, dit Harper, en marmonnant à moitié. (Ses mots semblent se brouiller au fur et à mesure qu'elle parle.) Les paparazzi sont toujours après moi. Merci, Lincoln. Tu es trop gentil.

— Content de t'aider, dis-je en laissant échapper un lourd soupir.

Je n'avais pas l'intention de l'inviter chez moi pour dormir, mais elle est déjà presque endormie.

Essayant de ne pas faire de bruit, je traverse le couloir et me dirige vers le placard à linge pour y prendre un oreiller de réserve. Je le ramène dans le salon où je découvre Harper ronflant doucement, allongée, endormie sur le canapé.

Je me penche à son niveau, ne voulant pas la faire sursauter.

— Je t'ai apporté un oreiller, lui dis-je d'un ton doux et apaisant, en relevant un peu sa tête et en plaçant l'oreiller sous son cou pour m'assurer qu'elle est bien installée.

— Merci, marmonne-t-elle.

J'éteins les lumières et me dirige tranquillement vers ma chambre.

Mon téléphone vibre dans ma poche et je jette un coup d'œil aux dizaines de SMS que j'ai manqués de la part de mes amis, les gars de Tactique de l'Aigle.

Cela devra attendre.

Je leur répondrai demain matin quand j'en saurai plus sur ce qui se passe, en supposant qu'elle me le dise.

———

Tôt le lendemain matin, mon téléphone sonne à côté de moi sur la table de nuit, me réveillant à l'aube.

— Oui, c'est Lincoln, dis-je en répondant à l'appelant.

Je n'ai même pas fait attention au nom sur l'écran d'appel car je suis à moitié endormi lorsque je réponds au téléphone.

— Je suis en bas dans ton restaurant. Tu peux descendre ?

— Jaxson ?

Qu'est-ce qu'il fait à me rendre visite un lundi matin ?

Avons-nous un nouveau client ? C'est la seule chose qui aurait du sens.

Mais pourquoi venir et ne pas m'appeler ?

— Oui, habille-toi et descends.

Je passe une main dans mes cheveux.

— Oui. Je descends dans une seconde.

Je mets fin à l'appel et jette mon portable sur mon matelas.

Titubant dans la chambre dans l'obscurité, j'attrape un jean, une chemise sombre et des chaussettes que je mets avant d'enfiler mes chaussures et de sortir discrètement de la chambre en passant par le salon.

Harper est encore profondément endormie.

Je ne veux pas la réveiller. Je me précipite dans les escaliers, la lumière vive du restaurant me brûlant les yeux.

Jaxson se trouve en bas, appuyé contre le comptoir qui a été criblé de dizaines de balles.

— Bonjour, dit Jaxson. Je suis venu te rendre visite mais j'ai vu que tu avais de la compagnie.

Je passe une main dans mes cheveux ébouriffés.

— Ouais. Nuit chargée.

Je n'ai pas envie de développer, et même si Jaxson pense que quelque chose s'est passé entre moi et la fille avec qui je suis sorti du bar, je ne compte pas confirmer ou réfuter ses soupçons.

Je ne raconte pas mes aventures.

— Tu aurais pu simplement appeler, dis-je en croisant les bras sur ma poitrine.

J'ai besoin d'un café, mais la cafetière est foutue, et ces petites dosettes de café ne lui rendent pas justice.

— Je t'ai envoyé un sms hier soir, mais tu n'as pas répondu.

— Ouais, j'étais occupé. (Je passe une main dans mes cheveux et retourne à la cuisine pour au moins me chercher un verre d'eau.) Tu n'es pas passé juste pour me dire que tu m'avais envoyé un texto.

Cela ne ressemble pas du tout à Jaxson. Il s'est passé quelque chose, mais je n'ai pas la moindre idée de quoi.

Jaxson m'a suivi dans la cuisine et se tient dans l'embrasure de la porte.

— Nous avons un nouveau client. Un studio d'Hollywood nous a engagé pour la sécurité pendant le tournage d'un film au cours des deux prochaines semaines.

Je porte le verre d'eau à mes lèvres et fais une pause.

— Paparazzi, je murmure.

Pas étonnant que le studio ait besoin de sécurité. Ce ne sont pas les habitants de Breckenridge qui interfèrent avec le tournage ou harcèlent ses stars.

— Ouais, probablement, dit Jaxson. Ils veulent surtout qu'on garde les curieux à l'écart et qu'on s'assure que les stars se sentent en sécurité. Il y a encore une chose.

Je finis le verre d'eau et le pose dans l'évier.

— Bien sûr, il y a autre chose.

Il y a toujours autre chose.

— Le studio a demandé qu'un membre de notre équipe assure la sécurité de la star principale en dehors des heures de travail. Je pense que tu devrais être celui qui s'occupe de la starlette. Elle est jeune, perturbatrice, et tu la connais déjà.

— Quoi ? Ma tête tourne.

— Harper Madison. La fille en haut dans ton appartement, c'est la starlette d'Hollywood. Le studio a mentionné qu'elle pourrait ne pas être d'accord d'avoir un garde du corps, mais c'est requis pour que le film soit financé et que la compagnie d'assurance donne son feu vert. Apparemment, elle a un don pour s'attirer des ennuis.

Merde.

C'est trop tôt pour entendre ça sur Harper.

— Tu parles.

Jaxson se rapproche.

— Écoute, je ne te demanderais même pas de faire ça, mais j'ai vu la façon dont elle t'a regardé, s'est ouverte à toi, et je suppose qu'elle te fait confiance.

— Elle ne me fera pas confiance quand elle découvrira que j'ai été engagé comme son garde du corps personnel, dis-je.

Elle n'a pas l'air du genre à être flattée que je sois engagé pour veiller sur elle.

Peut-être que j'ai tort et qu'elle sera ravie, mais nous devrons rester professionnels entre nous.

Je ne couche pas avec mes collègues ou mes clients.

Jaxson expire lourdement, la mâchoire serrée.

— Je suggère que tu ne lui dises rien. Invite-la à dîner ce soir, après le tournage et fais-lui visiter la ville. Fais-lui passer un bon moment, mais pas trop.

— On a bu quelques verres hier soir. C'est tout, dis-je.

Je ne donne pas de détails sur les hommes qui l'ont poursuivie avec des caméras à l'extérieur de sa chambre de motel minable.

Est-ce que Jaxson a besoin de savoir ça ? Peut-être s'il était son garde du corps, mais il me confie la responsabilité.

— Je sais. Je suis monté et je n'ai pas pensé qu'une fille dormant sur ton canapé était quelqu'un avec qui tu avais couché. C'est pourquoi je te fais confiance pour la sécurité.

Super.

Autant je veux que ce soit moi, autant je ne suis pas prêt pour le drame qui s'ensuivra.

— Tu veux que je sois son garde du corps.

Elle va me tuer.

Je dois juste m'assurer qu'elle ne découvre jamais que j'ai été engagé pour la protéger.

— Oui.

Jaxson devient silencieux quand nous entendons la porte de l'étage grincer et se fermer.

Harper est réveillée et descend les escaliers.

Jaxson fait un pas dans la cuisine et me fait signe de sortir dans le restaurant.

Ses pas légers foulent le sol en bois.

— Bonjour, dis-je en la saluant.

Elle est plutôt jolie malgré le fait qu'elle ait dormi sur un canapé toute la nuit et bu un verre de trop.

— Bonjour. Ça te dérange de me ramener au motel ? Je dois récupérer ma voiture.

— Bien sûr.

Je fouille dans ma poche pour trouver mes clés et la conduis dehors, fermant la porte derrière moi.

Je jette un nouveau coup d'œil en direction de la cuisine où Jaxson s'est caché.

Je conduis Harper jusqu'à mon camion. A côté de lui, ce matin, la berline d'Ariella a été garée et laissée.

— A qui appartient cette voiture ? demande Harper.

Elle grimpe sur le siège avant et regarde autour d'elle.

S'inquiète-t-elle de voir d'autres paparazzi à sa recherche ?

— Juste un des gars qui m'aide à retaper le restaurant.

Ce n'est pas un mensonge complet. Jaxson a mentionné qu'il ne serait pas contre faire quelques rénovations à l'intérieur.

Pourquoi diable a-t-il pris la voiture d'Ariella ?

Je mets le camion en marche arrière et reprends la route par laquelle nous sommes arrivés la nuit dernière.

Harper est assise tranquillement, regardant par la fenêtre.

— Je peux te demander quelque chose ?

— Bien sûr.

J'ai le sentiment qu'elle allait le faire dans tous les cas.

— Qu'est-il arrivé à ton restaurant ? Ces impacts de balles ne sont pas pour la décoration.

Je renifle légèrement.

— Elle est nouvelle celle-là. Et non, ils sont cent pour cent réels.

Cette histoire prendrait un certain temps, et peut-être que cela me permettrait de la voir plus tard dans la soirée, lorsque je travaillerais et que je garderais un œil sur elle.

— C'est une longue histoire. Et si je te la racontais ce soir autour d'un dîner ?

— Je dois travailler, mais je t'enverrai un message quand je partirai. Il se peut que ce soit un peu tard, dit Harper.

— C'est bon. (Je songe à sortir mon portable et à le lui tendre pour qu'elle tape son numéro, mais je me ravise. Et si elle lit les messages concernant le job de sécurité du studio qui avait été mis en place avec Tactique de l'Aigle ?) Sors ton téléphone. Je vais te donner mon numéro.

J'attends qu'elle sorte son portable, et je récite mon numéro pour qu'elle puisse me joindre plus tard.

Quelques minutes plus tard, nous nous s'arrêtons devant le motel. Le parking est presque vide, contrairement à la nuit dernière.

Au loin, je reconnais le camion d'Aiden.

Il surveille le parking du motel. Au moins Harper est en sécurité.

Je devrais rentrer chez moi et prendre une douche. Tant que je ne dois pas être sur le plateau, elle ne saura jamais que je travaille pour Tactique de l'Aigle.

CHAPITRE CINQ

Je frotte le sommeil de mes yeux fatigués et entre en titubant dans la cuisine, les lumières vives et les stores grands ouverts laissant entrer la lumière du matin.

Je plisse les yeux.

Ils ne s'adaptent pas assez vite et j'ai du mal à voir.

Mon système nerveux autonome est nul. Je fais partie des quelques malchanceux atteints d'un trouble que les médecins ont du mal à comprendre.

— Tu vas bien ?

La voix chaude de Jaxson me parvient aux oreilles alors qu'il passe ses bras autour de ma taille pour me stabiliser.

Mon corps fond dans son étreinte, son toucher chaud et invitant.

Je n'ai pas la moindre envie de me préparer pour aller travailler.

— Juste ma vue. (Je peux sentir son regard, l'inquiétude pesant lourdement sur nous deux.) Je vais bien. C'est rien.

La dernière chose que je veux c'est de l'inquiéter.

J'ai envie de retourner au lit, plus précisément dans son lit, mais nous devons faire attention. Avec Skylar en visite indéfiniment et sa petite fille qui s'invite constamment dans la chambre, j'ai dormi dans la chambre d'amis plus de nuits que je ne le souhaitais.

— Juste ta vue ? répète Jaxson. Je n'aime pas entendre ça.

Il me fait reculer de quelques mètres, me plaçant contre les armoires.

Son corps piège le mien.

— Jaxson ?

Il lève sa main droite à la hauteur de mes yeux.

— Combien de doigts ? demande-t-il.

Mes yeux se sont déjà adaptés lorsqu'il me coince contre le comptoir, mais je ne veux pas l'admettre.

J'aime être serrée contre lui, sa garde baissée alors qu'il se concentre sur moi.

— Ariella ? Il a l'air inquiet parce que je ne réponds pas assez vite.

— Trois doigts, dis-je. Ma vue met juste un peu plus de temps à s'adapter que celle des autres. Les lumières vives ou le passage d'une pièce sombre à un endroit lumineux sont difficiles, et que Dieu me vienne en aide si je retourne dans une pièce sombre juste après.

Il balaye une mèche de cheveux derrière mon oreille, son toucher attisant un désir qu'il alimente en moi.

— Que se passe-t-il dans ce cas ? demande Jaxson.

Ses doigts jouent dans mes cheveux et glissent contre mon cou alors qu'il me serre contre lui.

J'ai envie de l'embrasser, mais nous avons convenu d'y aller doucement avec Izzie et Skylar, sans compter que nous cachons notre relation à nos collègues de travail, les gars de Tactique de l'Aigle.

— Je commence à voir des formes bizarres, et ça me donne la nausée.

Skylar entre dans la cuisine, inconsciente de ce moment d'intimité entre nous.

— Ça m'arrive aussi. Les auras sont les pires. Techniquement, ce sont les migraines qui sont les pires, mais je ne supporte pas d'avoir un de ces trips visuels, dit Skylar.

Jaxson dégage sa main et la retire avant de s'éloigner de mon espace personnel.

Je gémis en signe de protestation, et il me regarde fixement.

Je déteste que nous devions jouer à ce jeu, une danse de ce que nous pouvons et ne pouvons pas faire autour des autres. Je veux passer mes bras autour de lui, poser mes lèvres sur les siennes, et ne pas me soucier de ceux qui nous voient, de ce qu'ils pensent ou ressentent. Nous sommes des adultes.

— Tu as une aura maintenant ? demande Jaxson.

— Non, je vais bien maintenant. Merci.

Skylar me regarde fixement.

Qu'est-ce que j'ai fait pour la mettre en colère ? A-t-elle l'intention de déménager de la maison de son frère un jour ?

— Des nouvelles de Mason ? je demande, essayant désespérément de changer de sujet.

Jaxson prends son café et en bois une gorgée.

— Il a un rendez-vous chez le médecin cet après-midi. Il espère qu'il aura le feu vert du médecin et qu'il pourra revenir au bureau demain.

Je le frôle pour atteindre le meuble qui contient les tasses et en prends une pour moi.

— Est-ce que c'est probable ? je demande en me versant une tasse de café fumant.

Il a été touché par deux balles. Il faut du temps pour guérir, mais de combien de temps a-t-il besoin ?

— Il avait l'air d'aller bien hier soir.

— Ça pourrait aller dans les deux sens, dit Jaxson. Je serai content de le récupérer, mais oui, il avait l'air de passer un bon moment hier soir, ce qui me rappelle que je dois passer chez Lincoln ce matin avant le travail.

— Oh ? (Je n'ai aucune idée de ce dont il a besoin de discuter avec lui avant le travail, mais ce ne sont pas mes affaires.) Tu veux que je prépare Izzie ce matin et que je l'emmène à la garderie ? je demande.

Je suis allée la chercher plusieurs fois récemment pour lui, alors j'ai pu me familiariser avec leur routine.

— Ça m'aiderait beaucoup, dit Jaxson.

Il dépose un baiser rapide et chaste sur ma joue.

Je me fige, surprise par son geste.

Et si Izzie entrait en courant dans la cuisine ?

Nous savons tous les deux que Skylar est au courant de notre relation, mais nous avons essayé d'être discrets avec Isabella. Jaxson ne veut pas perturber sa fille et le fait que je vive déjà sous son toit... n'arrange pas les choses non plus.

— Tu peux attacher son siège auto dans ma voiture ? je demande.

— Pour faire mieux, prends mon camion aujourd'hui, dit Jaxson.

— Tu es sûr ?

Il ne m'a jamais proposé de conduire son camion avant.

Il n'a pas peur que les gars de Tactique de l'Aigle disent quelque chose ? Même s'ils savent tous que je vis avec Jaxson parce que ma maison juste à côté a brûlé.

Combien de temps cette excuse pouvait-elle tenir ?

— Je te fais confiance pour ma fille, Taches de rousseur. Je peux te garantir qu'elle est plus importante que mon camion.

Je prends une longue gorgée de mon café. Mes joues sont chaudes sous son regard.

— J'ai besoin que tu me rejoignes sur le terrain aujourd'hui. Notre nouveau client a besoin de toute l'équipe pour sa mission, dit-il en sirotant son café et en regardant Skylar. (Il est clair qu'il n'est pas à l'aise pour discuter des détails devant elle.) Avec Mason indisponible, j'ai besoin de toi sur le terrain plutôt qu'au bureau aujourd'hui.

J'ai tellement de questions, mais il secoue la tête, me disant silencieusement de ne pas les poser maintenant.

— Ok.

Mon estomac bouillonne de nervosité.

Qu'est-ce qu'on va me demander de faire sur le terrain ? Je ne suis pas un agent de terrain, même avec mon temps à la C.I.A. J'ai toujours été derrière un bureau ou cachée derrière un ordinateur dans une chambre d'hôtel.

— Je vais envoyer à l'équipe le point de rendez-vous. Viens dès que tu auras déposé Izzie à la garderie.

Mon souffle se bloque dans ma gorge.

— D'accord.

Jaxson se rapproche.

A-t-il senti mon hésitation ?

Il pose une main forte et chaude sur mon bras.

— Tu peux le faire, Taches de rousseur. Je te promets que je ne t'inclurais pas dans cette mission sur le terrain si je ne pensais pas que tu étais prête pour ça.

Je lui offre un faible sourire.

— Je t'en remercie.

Ce qui est vrai, même si je me sens malade à l'idée de ce que je devrais faire, et je ne suis même pas sûre de ce que cela implique.

— On dirait que tu vas être malade, murmure Jaxson.

Avec un lourd soupir, il attrape ma main et me tire dans la salle de bain, fermant la porte.

— Jaxson ?

Qu'est-ce qu'il fait ?

— Respire, dit-il alors que ses yeux bleus me fixent droit dans les yeux.

J'expire profondément, sans me rendre compte que je retenais mon souffle jusque-là.

Jaxson serre mes mains et je jette un coup d'œil à nos mains jointes. Les miennes tremblent.

— Tu vas y arriver, Taches de rousseur.

Il serre une main fermement et allume le ventilateur de la salle de bain avec l'autre.

— Vraiment ? je demande, la voix éraillée. (Je grimace et expire longuement, essayant de me calmer. Je ne suis pas un agent de terrain.) Je travaille bien dans un bureau, où il y a une stabilité et une structure.

Il enroule ses bras puissants autour de ma taille et me tire contre son corps.

— Imagine juste que tu fais du travail de bureau à l'extérieur, dit Jaxson.

Son souffle taquine mon cou, et ses lèvres caressent ma peau. Lentement, il dépose de doux baisers juste derrière mon oreille.

Il est mon point faible, à chaque fois.

— Tu vas y arriver, Taches de rousseur, répète Jaxson.

Je souffle un grand coup par le nez. Les yeux fermés, je hoche la tête.

— Dis-le moi. C'est quoi la mission ?

Il m'a amené dans la salle de bain pour me le dire, non ? Hors de portée de voix de Skylar, qui aime un peu trop parler.

— Il y a une équipe de tournage qui débute ce matin pour un film. Ils demandent une équipe de sécurité pour surveiller la production et s'assurer que personne d'indésirable ne rentre sur le plateau.

— C'est tout ? (Je pousse un soupir de soulagement.) Je me sens bête maintenant.

— Arrête, dit Jaxson. Tu ne peux rien contre ce que tu ressens ou contre la réaction de ton corps.

Il me serre contre lui, une main dans le bas de mon dos, l'autre sur mon cul.

Je souris et me penche vers lui, lui volant un baiser, ne sachant pas quand j'en aurais à nouveau l'occasion avec lui. Juste tous les deux, seuls.

———

Je n'ai jamais eu à assurer la sécurité de quelqu'un, mais Jaxson a besoin d'une personne supplémentaire, et même si je n'ai pas l'air menaçante, je peux au moins m'assurer que personne n'entre sur le plateau sans y être autorisé. De plus, j'ai un talkie-walkie, et je dois signaler à Jaxson toute personne que je juge suspecte.

Je ne m'attends pas à ce qu'il se passe grand-chose.

Personne ne sait qu'une équipe de tournage est prévue en ville, mais les gens parleront lorsqu'ils remarqueront que les routes secondaires sont fermées et que les roulottes des acteurs sont garées dans le champ juste à côté de la route principale.

Les locaux viendront, curieux de voir cette production dans une ville de moins de mille habitants.

Bien que je ne vive pas à Breckenridge depuis longtemps, c'est probablement la chose la plus excitante à se produire au printemps, lorsque le ski et le snowboard sont fermés pour la saison.

Il est difficile de détacher mon regard de Jaxson.

Alors qu'il monte la garde devant la caravane des acteurs, plus précisément celle d'Harper Madison, ma responsabilité est de m'assurer que les membres de l'équipe portent tous des badges pour être facilement identifiés.

Le travail est facile pour la majeure partie, s'assurer que personne ne se faufile sur le plateau sans y être autorisé.

En dehors de l'équipe de production, qui sait qu'Harper Madison est en ville ?

Elle doit probablement séjourner sous un faux nom dans l'hôtel où elle s'est enregistrée.

Lorsque les stars font une pause pour le déjeuner, je mange un morceau rapide dans ma voiture, appréciant la solitude. Je ne peux pas rejoindre Jaxson pour le repas même si je le voulais, car nous ne pouvons pas nous permettre de prendre une heure de pause en même temps.

Après avoir terminé un repas rapide, je traverse le parking pour retourner vers le plateau.

Un pincement vif me saisit au cou.

Je lève la main pour frotter la douleur, et ma vision se brouille. J'ouvre la bouche pour crier quand je sens une main recouvrir mes lèvres.

Mon corps s'affaisse, sur le point de tomber sur le sol, quand des bras me soulèvent dans leur étreinte.

Les ténèbres m'envahissent.

CHAPITRE SIX

HARPER

Je veux un vrai repas fait maison, ou au moins quelque chose de savoureux, et non pas un repas de traiteur qui a été préparé pour les acteurs et l'équipe pendant le tournage.

Même si j'apprécie leurs efforts, je veux prendre une heure pour moi, loin du plateau.

Je sors de ma remorque, mon sac à main sur l'épaule, avec une paire de lunettes de soleil.

J'évite l'équipe de sécurité, une bande de beaux gars locaux, anciens militaires, qui ont l'air tout à fait prêts à botter des culs.

Si je n'avais pas rencontré Lincoln la nuit précédente, j'aurais pu envisager de flirter avec l'un d'entre eux, mais en vérité, ce n'est que du cinéma.

Ce que je veux être, pas qui je suis en tant que personne.

Je saisis une casquette de baseball qui a été abandonnée sur une chaise à proximité et range mes longs cheveux blonds sous la casquette, essayant de me déguiser du mieux que je peux.

Personne ne semble me remarquer, habillée comme tout le monde. Leur attention étant ailleurs, je me glisse hors du plateau et sors sur le parking, un champ tondu, pour aller chercher ma voiture de location.

Les poils de mes bras se dressent.

Une femme aux longs cheveux noirs tombe sous mes yeux, un homme l'attrape par derrière et la prend dans ses bras.

Il la porte à travers le parking.

— Hé ! je crie, me précipitant après lui.

Que diable se passe-t-il ?

Est-ce qu'elle va bien ?

Je ne peux pas l'observer d'assez près pour reconnaître si c'était quelqu'un que je connais du tournage.

Il la traîne vers une camionnette blanche.

— Occupe-toi de tes affaires, répond une voix rauque.

Il ouvre d'un coup sec la portière arrière de son véhicule.

Je me précipite après eux et mets la main dans mon sac. Je sors ma bombe lacrymogène rose vif et la brandis, menaçant le ravisseur.

Tout m'indique qu'elle est en danger, que qui que soit ce type, il lui veut du mal.

— Laissez-la partir ! je crie, en espérant que quelqu'un entende mes cris.

Où est l'équipe de sécurité qui a été engagée pour surveiller le plateau ?

Il n'a pas été pas le moins du monde tendre avec la brune en la jetant à l'arrière de la camionnette.

Au moment où il se retourne, j'ai le doigt sur la gâchette de la bombe lacrymogène, mais il l'arrache de mes petites mains et me donne un coup de poing sur le visage.

Ma joue pique, et mes yeux brûlent de peur.

— Monte.

Il fait un signe de tête vers la portière arrière ouverte où la jeune femme gis sans bouger.

Est-elle endormie ?

Morte ?

— Non, je ne vais nulle part avec vous.

Je fais un pas en arrière, ne sachant pas comment aider la femme dans la camionnette. Si je vais avec elle, je mettrais ma vie en danger.

Je ne suis pas courageuse.

Je ne suis pas sans peur.

Je suis une actrice, et même si je peux jouer un rôle, cela implique des lignes et des scripts. Je ne peux pas jouer ce rôle, pas celui où j'apparais forte.

Il me saisit par la taille et me jette à l'arrière du van.

— Non ! je crie et me jette sur l'homme, mes ongles s'enfonçant dans ses yeux et le forçant à tomber en arrière. Je profite de ce moment pour bondir hors de la camionnette et le dépasser, trébuchant sur mes pieds.

Je m'écrase dans l'herbe.

— Salope ! grogne l'agresseur en entrant dans le camion.

Je ne compte pas attendre pour découvrir s'il a sorti une arme ou autre chose contre moi.

Je me lève précipitamment et me rue entre les voitures, me baissant pour qu'il ne puisse pas me voir. Je reste au ras du sol, à l'écoute de ses pas ou de ses respirations lourdes, à bout de souffle.

Autant je veux aider la femme dans la camionnette, autant la meilleure chose que je puisse faire pour elle à cet instant est de chercher de l'aide.

S'il a une arme, je ne pourrais pas me défendre.

Je reste au ras du sol et me précipite à travers le parking bondé en direction du plateau de tournage.

Des pneus crissent et soulèvent de la terre quand je lève la tête. La camionnette blanche sort en trombe du parking.

Je n'ai pas besoin de me baisser plus longtemps ou de me cacher de l'agresseur.

Je suis libre, mais elle ne l'est pas.

CHAPITRE SEPT

JAXSON

Harper arrive en courant vers moi, les joues rouges, les lunettes de soleil qu'elle porte repoussées sur sa tête, une casquette de baseball dans sa main tremblante.

— A l'aide ! Harper revient en trombe sur le plateau, regardant de part et d'autre de celui-ci, cherchant quelqu'un.

Je me précipite vers elle, ne sachant pas ce qui la tracasse.

Sont-ils à court de petits sandwichs sur la table du déjeuner ?

Elle a l'air affolée et paniquée, mais je n'arrive pas à comprendre ce qui l'a mise dans cet état.

— Comment puis-je vous aider ? je demande calmement, en essayant d'apaiser l'anxiété qu'elle ressent.

— Il l'a enlevée ! s'exclame-t-elle, les yeux écarquillés, en montrant le parking derrière elle.

— Ouah, ralentissez. Vous pouvez me dire ce que vous avez vu ? Je fais signe à Aiden de venir.

Je ne peux pas voir Ariella ou Declan d'où je suis positionné.

Aiden trottine, sentant l'urgence.

Il ne dit pas un mot, il écoute simplement.

— Je me dirigeais vers ma voiture, dit Harper, et ce type, assez grand, plus grand que moi, cheveux foncés et yeux foncés, portait une fille jusqu'à son van, un van blanc. Elle était inconsciente. Au moins j'espère que c'est tout ce qu'elle était et qu'elle n'était pas morte.

Je ravale la boule qui se formait dans ma gorge.

— Vous avez relevé la plaque d'immatriculation ? je demande.

Harper secoue la tête, non.

J'espère que ce n'est pas un jeu ou un coup de pub qu'elle essaye de faire, mais le tremblement de sa voix me pousse à lui faire confiance.

— Il a essayé de m'attraper aussi, alors je me suis défendue et j'ai couru, dit Harper.

— Bien. (Je souffle longuement et lentement.) Vous connaissez la fille qu'il a enlevée ?

Elle secoue la tête.

— Je ne l'ai pas reconnue, mais je ne suis pas toujours douée pour me souvenir des gens. La fille avait de longs cheveux noirs. Je suis désolée, j'aimerais pouvoir mieux vous aider. (Harper se mordilla la lèvre inférieure.) On peut faire un appel ou quelque chose comme ça sur le plateau ?

— Ce n'est pas une mauvaise idée, dit Aiden. Il n'y a pas de caméras sur le parking.

— Est-ce que l'un d'entre eux avait des signes distinctifs ? je demande, essayant de lui rafraîchir la mémoire avant qu'elle ne devienne encore plus trouble et brouillée avec le temps.

—Non. Je ne me souviens de rien de spécial.

— Et une barbe ? je continue. Il portait des lunettes ? Des tatouages ?

— Pas de lunettes, c'est sûr. J'ai tapé dans ses yeux quand j'ai essayé de m'enfuir. Je ne me souviens pas de barbe ou de tatouage.

— C'est bien, dis-je.

Aiden sort son téléphone et appelle le département du shérif local. Nous devons signaler l'enlèvement et espérer obtenir une équipe qui pourra parcourir la zone avec un hélicoptère pour trouver le van blanc.

Après qu'il a raccroché, je rencontre son regard.

— Trouve Ariella. Demande-lui, et à Declan, d'établir une liste que nous pourrons consulter nom par nom pour savoir qui est porté disparu.

— Qui est Ariella ? demande Harper.

— L'une d'entre nous, membre de l'équipe Tactique de l'Aigle, dis-je, sans en dire plus.

Les yeux d'Harper s'écarquillent alors qu'elle pointe du doigt le parking.

— De longs cheveux noirs, à peu près la même taille et la même corpulence que moi ?

Je sors mon téléphone de ma poche.

— Vous avez une photo d'elle ? demande-t-elle.

— Je m'en occupe, dis-je en déverrouillant mon téléphone.

J'ouvre les photos et j'en fais défiler quelques-unes d'Izzie avant d'atterrir sur une avec Ariella tressant les cheveux d'Izzie alors qu'elles étaient assises sur le canapé ensemble.

— Voilà.

Je retiens mon souffle, espérant que c'est quelqu'un d'autre qui a été enlevé et pas elle.

Harper touche l'écran du téléphone.

— C'est bien la fille que j'ai vu transporter dans le van.

Je parcours mon téléphone et ouvre un navigateur web avant de taper Benjamin Ryan.

Aurait-il pu se pointer à Breckenridge ?

Il a dit aux infos qu'il allait retrouver sa femme, mais je ne m'attendais pas à ce genre de retrouvailles.

A-t-il montré des signes de violence dans le passé ?

Ariella ne m'en a pas parlé. Elle a été claire sur le fait que c'était fini entre eux.

Est-ce la raison ?

— Et ce type ? C'est lui qui conduisait le van ?

Je montre à Harper l'écran de mon téléphone avec une photo de Benjamin Ryan. Ça n'a pas été difficile de trouver sa photo d'identité judiciaire.

Harper hoche la tête.

— Vous savez qui c'est ? (Elle semble pousser un soupir de soulagement.) Ça veut dire que vous pouvez aider à la retrouver, non ?

— Ouais, je sais qui c'est. (Je ne l'ai jamais rencontré. Je n'avais pas envie de le rencontrer maintenant, non plus.) Vous devriez retourner sur le plateau. Je dois passer un coup de fil et m'occuper de certaines choses.

— Ok, dit Harper.

Elle semble plus légère, moins stressée en apprenant que nous savons qui est la fille disparue et qui l'a enlevée.

Je ne me sens pas mieux avec la nouvelle qu'Ariella a été enlevée par Benjamin.

Où diable l'a-t-il emmenée ?

L'a-t-il droguée ?

Elle ne serait pas partie volontairement avec lui. Harper a mentionné qu'Ariella était inconsciente.

Je traverse le champ herbeux, loin des caravanes et des oreilles attentives, avant de composer le numéro de Lincoln.

— Qu'est-ce qu'il y a ?

— Désolé de te déranger. Je ne le ferais pas si ce n'était pas une urgence absolue, mais j'ai besoin que tu viennes ici pour me remplacer. Ariella a été enlevée.

Le poids d'un rocher niché au creux de mon estomac m'empêche de respirer.

— Ralentis, Monroe, dit Lincoln, utilisant mon nom de famille. Tu es sûr qu'elle n'a pas simplement décidé de partir se promener ?

Je secoue la tête, oubliant que Lincoln ne peut pas me voir. En grimaçant, je lui réponds finalement en donnant un coup de pied dans une pierre perdue dans l'herbe.

— Harper l'a vue se faire jeter à l'arrière d'une camionnette blanche.

Je ne peux pas rester là à ne rien faire tout en travaillant. Je ne peux pas faire ça avant que nous n'ayons plus de couverture.

Et si Benjamin était une diversion ?

— Merde. Je vais y aller maintenant. Je vais appeler Mason en chemin, voir s'il en a fini avec son rendez-vous et comment il s'en est sorti.

— Merci.

Je ne veux pas déranger Mason, mais je suis sûr qu'il voudra savoir ce qui se passe.

Des sirènes retentissent au loin.

— Le shérif devrait arriver d'une minute à l'autre.

— Bien. Je suis encore à vingt minutes. Quand le tournage du film se terminera pour la nuit, le reste de l'équipe passera pour aider les recherches. Tiens-nous au courant, dit Lincoln.

— Je le ferai.

Je raccroche et remets le téléphone dans ma poche, soulagé quand je vois une voiture de police s'approcher.

———

Le shérif émet un avis de recherche pour la camionnette blanche ainsi qu'un avis indiquant que le ravisseur Benjamin Ryan doit être considéré comme armé et dangereux avec un otage.

J'ai besoin qu'Aiden exerce sa magie sur l'ordinateur, en piratant tous les enregistrements et comptes de Ben, pour localiser l'endroit où il aurait pu emmener Ariella.

Lincoln entre dans le parking et gare son camion. Il se précipite vers moi.

— Des nouvelles ?

— Rien pour le moment, dis-je alors que nous tournons autour de la voiture de police.

— Elle a son téléphone sur elle ? demande Lincoln.

— Si elle l'a, il est éteint et la batterie a été retirée. Il n'émet pas de signal quand on essaie d'y accéder. (On a essayé tout ce qui est conventionnel.) Ben n'est pas le genre de gars à la retenir pour une rançon.

Le shérif Nelson se racle la gorge.

— Qu'est-ce qui vous fait dire ça ?

— J'ai fait des recherches sur Ariella quand elle est arrivée ici, pour le travail, dis-je, en spécifiant que je ne l'ai pas fait pour une autre raison.

Je ne suis pas un salaud. Nous avons été engagés pour enquêter sur son passé pour Blue Sky Resort. C'est comme ça que j'ai découvert sa relation avec Ben Ryan.

Je me frotte la nuque, je n'aime toujours pas Ben, et c'était avant qu'il n'enlève son ex-femme. Il a soi-disant volé de l'argent à des centaines de personnes ne se doutant de rien, dont moi.

— Le même Ben Ryan qui a été arrêté et condamné pour fraude ? demande le shérif Nelson.

Les nouvelles vont vite et loin.

— Oui, mais il a été libéré.

— Pour bonne conduite ? Il a fait quoi, un an ?

— J'en doute. Quelque chose à propos de nouvelles preuves et de l'abandon des charges. La condamnation a été annulée.

Je n'ai pas encore lu les détails. J'étais occupé avec une petite fille à la maison, et elle me vole la majorité de mon temps quand je ne suis pas au travail.

— Attendez une minute, dit-il en répondant à son téléphone et en s'éloignant un moment.

J'ai envie de lui courir après, de découvrir ce dont il est question, mais à quoi bon ?

— Comment va Harper ? demande Lincoln.

— Elle va bien. Elle est en train de filmer une scène, dis-je en faisant un geste vers le plateau.

Elle est la dernière personne à laquelle je pense en ce moment.

Le shérif Nelson s'approche de nous.

— Nous avons une position possible. Son téléphone est peut-être éteint, mais il a utilisé sa carte de crédit. Il vient de s'enregistrer au Blue Sky Resort.

Sérieusement ?

Peut-il être encore plus idiot ? Au moins cela veut dire qu'ils n'ont pas été loin.

— J'appelle des renforts, dit le shérif, et nous y allons phares et sirènes éteints. Vous voulez venir avec moi ou prendre votre camion ?

— Je vais monter avec vous.

Je n'ai pas voulu admettre que je n'ai pas les clés de mon camion. Je les ai données à Ariella plus tôt dans la matinée. C'est une information que le shérif n'a pas besoin d'avoir, mais il y aurait des questions si je prenais sa voiture pour aller à la station.

— Tenez-nous au courant de ce qui se passe, dit Lincoln.

Il me tape dans le dos avant de se rendre sur le plateau.

Je grimpe sur le siège passager de la voiture de police, et le shérif nous fait sortir du parking et prendre la route principale en direction de la station.

Mon pied tape contre le plancher, nerveux.

— Nous serons bientôt arrivés, dit-il.

Il allume ses gyrophares pour se frayer un chemin dans la circulation mais laisse la sirène éteinte.

Alors que nous approchons du dernier kilomètre, il éteint les feux et se gare sur le parking avec une demi-douzaine d'autres voitures de police derrière nous.

Nous devons être prudents.

La dernière fois que nous nous sommes tous retrouvés ici, il y avait eu une prise d'otages, et bien que cela a été différent, je ne veux pas que la vie d'Ariella soit à nouveau en danger.

— Je devrais vous faire attendre dans la voiture, déclare le shérif Nelson.

Il sort, et je le suis.

Je l'ai énervé la dernière fois, en entrant en trombe et en sauvant Ariella et Hazel sans réfléchir.

J'ai été imprudent, mais j'ai fait ce que je devais faire, et je n'ai aucun regret.

— Ne me faites pas regretter de vous avoir invité.

CHAPITRE HUIT

ARIELLA

Je cligne plusieurs fois des yeux avant de les ouvrir. Ma vision est trouble, et mon estomac se tord.

— Bien, tu es réveillée.

J'ouvre la bouche pour annoncer que je suis sur le point d'être malade quand Ben m'apporte une petite poubelle avec un sac de courses en plastique jetable à l'intérieur.

C'est si évident ?

J'essuie les perles de sueur sur mon front et me redresse. La pièce se met à tourner en même temps.

Je ferme les yeux mais m'accroche à la petite poubelle avant de vomir mon déjeuner de tout à l'heure.

Que fait-il ici ?

Où suis-je ? Le soleil ne s'est pas encore couché. Quelle heure est-il ?

Jaxson et les autres ont-ils réalisé que j'avais disparu ?

— Tu te sentiras bientôt mieux, dit Ben, sa main sur mon bras, le frottant dans des mouvements doux, ce qui fait faire des sauts périlleux à mon estomac.

Je me dégage de son contact.

— Ben, je râle, la voix rauque, la bouche sèche.

Je veux me lever, m'enfuir, et m'éloigner de mon ex-mari. J'ai entendu dire qu'il était sorti de prison et que sa condamnation a été annulée. Apparemment, Benjamin n'est pas responsable du vol de millions de dollars et d'innombrables autres crimes financiers.

Mais je ne savais pas qu'il était un kidnappeur.

Il est plein de surprises.

Je suppose que nous le sommes tous les deux.

Peu m'importe qu'il soit coupable ou non, je ne veux pas être avec lui, et le fait qu'il m'ait droguée et traînée là — où que nous soyons — est loin de me faire changer d'avis.

Je suis dans une chambre d'hôtel ? La chambre me semble étrangement familière. Une impression de déjà-vu m'envahit comme un brouillard.

Ben est un idiot. S'il m'a amené dans un hôtel, il a dû utiliser une carte de crédit. Les gars de Tactique de l'Aigle pourront le suivre et me trouver, espérons-le, avant qu'il ne soit trop tard.

— Bien, tu as déjà l'air plus réveillée.

Il attrape mon bras et attache du tissu autour de mon poignet, me clouant au montant du lit.

—Ben. (Ma voix est hachée en signe d'avertissement alors que je lutte pour garder mon bras gauche loin de lui. Je suis encore sous sédatif, ce qui m'empêche de me défendre.) Ne fais pas ça, s'il te plaît. Laisse-moi partir.

Je doute de pouvoir courir, même si j'arrive à me lever.

Il souffle doucement.

— Te laisser partir ? Il monte sur le matelas et se met à cheval sur mon corps pour m'empêcher de lutter contre lui.

Ben me coince l'autre bras et l'attache au montant opposé du lit.

— J'ai l'intention de m'amuser un peu avec toi. Après tout, n'est-ce pas ce que tu as fait avec moi ? Faire semblant ?

— De quoi tu parles ? Je hausse les épaules, essayant d'échapper à son haleine putride et à son corps qui domine le mien.

Mes mains sont liées, et même si j'ai l'usage de mes jambes, je suis encore bien trop faible pour faire quoi que ce soit. Bientôt, je serais complètement à sa merci.

Qu'a-t-il prévu de faire de moi ?

Va-t-il me tuer ?

Il appuie son poids contre moi, s'asseyant, me coinçant davantage dans le matelas. Ben se penche, son souffle chaud contre mon oreille, un couteau dans sa main gauche. S'il pense qu'il m'excite, il a tout faux.

Il fait glisser la lame contre ma joue en faisant couler mon sang.

Je grimace mais ne crie pas.

— Tu as oublié de mentionner que tu étais de la C.I.A.

Benjamin recule et me regarde fixement.

Je ne sais pas quoi dire.

Je ne pensais pas qu'il le découvrirait un jour.

— J'ai enfin trouvé comment te faire taire. C'est vraiment dommage que j'aie dû apprendre la vérité pendant que j'étais en prison.

Il fait glisser la pointe acérée de la lame le long de mon cou et vers mon décolleté.

Cette fois, il ne fait pas couler mon sang, il ne fait qu'effleurer la surface.

J'ai l'impression que ma bouche est remplie de boules de coton. Je me lèche les lèvres pour essayer de les humidifier.

— Je peux avoir de l'eau ?

Ce qu'il m'a donné pour me droguer m'a donné soif.

Je peux peut-être le piéger pour qu'il me laisse boire de l'eau ou aller aux toilettes.

Je veux qu'il recule de moi.

Il me regarde. Ses yeux se rétrécissent alors qu'il me fixe.

— Je ne pense pas.

— S'il te plaît..., ma voix se fait douce alors que je le supplie.

Il déchire mon chemisier avec la lame, me laissant à sa merci.

— Ben, s'il te plaît, arrête. (Je tremble à cause de l'air frais de la chambre d'hôtel, mon soutien-gorge en dentelle pourpre exposé alors qu'il caresse le tissu.) Ben. Eloigne-toi de moi.

— Tu penses vraiment que tu as le contrôle ? Ben grogne.

Je tressaille mais, à cause des liens, je ne peux pas m'éloigner davantage. Je me tortille pour m'éloigner mais il a un couteau et je suis attachée aux poteaux du lit.

— Tu veux la vérité. (Je le regarde fixement, l'effet du sédatif s'estompant. Mes poignets me font mal là où il les a attachés au-dessus de ma tête, écartés.) Détache-moi, et je te dirai tout.

— Je ne t'ai pas traîné ici pour que tu me mentes !

Ben descend et attrape un vase en cristal transparent. Il le jette à travers la pièce, et il se brise brutalement contre le mur.

Je respire lentement et régulièrement.

— Tu as raison, dis-je. Je te dois la vérité.

Au moins un semblant de ce qu'il croit être la vérité.

Est-ce que ce sera suffisant pour qu'il me laisse partir ?

Je doute qu'il me libère.

Alors que la torpeur disparait de ma tête, je reconnais la pièce. Nous sommes dans un hôtel : Blue Sky Resort si je ne me trompe pas.

Je déteste ce maudit endroit. Il semble que toutes les mauvaises choses arrivent toujours ici, et ce n'est même pas un motel minable.

Peut-être qu'ils ont besoin d'engager leur propre équipe de sécurité.

— J'attends, dit Ben.

Il croise ses bras sur sa poitrine.

Ma joue me pique, mais je dois ignorer la douleur si je veux m'en sortir vivante. Au moins, il ne jette rien à travers la pièce ou sur moi.

Il le fera quand il découvrira la vérité.

CHAPITRE NEUF

LINCOLN

— Lincoln ! Harper me fait signe de l'autre côté du plateau alors que je me tiens près de l'entrée principale.

J'ai gardé l'entrée et la sortie pendant les deux dernières heures depuis que Jaxson est parti avec le shérif.

J'ai fait de mon mieux pour éviter Harper pendant qu'elle tourne le film.

Raté.

Elle court vers moi. Un énorme sourire illumine son visage.

— Je pensais que je devais t'envoyer un message en sortant du travail. Tu ne pouvais pas attendre de me voir ? demande Harper.

Elle semble plus légère, insouciante.

Le travail semble la rendre joyeuse, ce qui n'est pas pour me déplaire. Cela signifie qu'elle sera facile à gérer ce soir, au moins en ce qui concerne le rôle de garde du corps. Bien que j'aurais pu vouloir la manipuler d'une manière différente, c'était hors de question.

— Tu es superbe, dis-je, en faisant de mon mieux pour changer de sujet.

Si elle n'a pas réalisé que je suis avec Tactique de l'Aigle, je ne veux pas qu'elle le découvre maintenant. Après tout, je n'ai pas le droit de lui dire que je suis son garde du corps personnel.

Et si elle s'en rend compte par elle-même ? Je suis presque sûr que le contrat est explicite. Je ne peux pas le divulguer, même à ce moment, mais je n'ai pas signé le contrat. Jaxson Monroe l'a fait pour l'équipe.

— Merci, dit Harper, ses joues légèrement rosées alors qu'elle rougit et se mord la lèvre inférieure, en détournant le regard. (Elle range une mèche de cheveux derrière son oreille.) On a fini de tourner pour aujourd'hui.

— Bien. (Je sais déjà qu'ils ont fini ; notre service est techniquement censé se terminer depuis quinze minutes, mais je n'ai pas voulu pas partir avant de savoir avec certitude qu'elle est en sécurité.) Que dirais-tu d'aller dîner, et sur le chemin du retour, on pourrait passer prendre ta voiture ?

Harper glisse son bras sous le mien.

— Cela sonne bien. Qu'est-ce que tu as prévu pour nous ? J'espère que c'est dans un endroit discret. Je n'ai pas envie que les tabloïds bombardent mon téléphone ou mes réseaux sociaux avec le titre 'Harper trouve un autre mec canon'.

Je ris.

— Je ne sais pas. Ça n'a pas l'air si mal. Je me penchai près d'elle, mes lèvres juste à côté de son oreille alors que nous marchions ensemble vers mon camion. Alors, tu me trouves canon ?

Elle déglutit et détourne le regard, silencieuse pendant un moment, perdue dans ses pensées.

Est-ce qu'elle pense à l'enlèvement ?

Elle l'a vu plus tôt, elle n'est pas seulement un témoin, mais presque sa prochaine victime.

Harper ne m'a pas dit un mot à ce sujet et bien que je souhaite lui demander directement, je ne peux pas. Pas sans qu'elle comprenne que j'ai été engagé par le studio.

Je dois être prudent. Je l'aime bien et je ne veux pas la blesser non plus.

— Tu vas bien ? je demande.

— C'est juste que..., elle commence puis s'arrête aussi vite. (Sa bouche se ferme, et son estomac gronde. Harper désigne la porte de mon camion.) Et si on allait dîner ?

Elle évite de parler de ce qui s'était passé.

Je veux l'entendre de sa bouche, savoir ce qu'elle ressent, comment elle fait face à la situation.

A mon avis, pas très bien.

Bien qu'elle se soit bien débrouillée sur le plateau, j'ai peut-être tort, et sa façon de faire face à l'attaque a été de se jeter à corps perdu dans son travail.

Je connais bien cette astuce.

Je déverrouille la portière et fais le tour pour lui ouvrir, lui offrant ma main pour l'aider à monter sur le siège passager. Une fois qu'elle est assise et que ses jambes sont ramenées devant elle, je ferme la porte et me précipite du côté du conducteur.

— Comment s'est passée ta journée ? demande Harper.

Évitement.

Je ne devrais pas être aussi choqué qu'elle se concentre sur moi et qu'elle évite de parler d'elle-même et de ce qu'elle a vu et vécu aujourd'hui.

Comment l'amener à s'ouvrir à moi sans se confier à elle sur moi-même ?

— Voyons voir, dis-je en démarrant le moteur du camion. Je buvais un bon café chaud que personne ne m'a volé.

Je lui jette un coup d'œil, et ses yeux s'agrandissent avant qu'elle n'éclate de rire.

— Bien joué, beau gosse.

Je ris tout bas, elle m'a pris au dépourvu avec son compliment.

— Après ma tasse de café chaud, dis-je en terminant ma pensée, je me suis détendu jusqu'à ce qu'on m'appelle au travail à l'improviste.

Harper expire un grand coup.

— C'est nul. Assez parlé de travail. Tu peux m'emmener quelque part où on peut voir les étoiles ? Je vis en ville, et il y a toujours tellement de pollution lumineuse chez moi.

— Bien sûr, on peut faire ça après avoir mangé un morceau. D'ici là, le soleil se sera couché.

Je connais l'endroit idéal où l'emmener, un endroit isolé et magnifique.

————

On finit de dîner, et je conduis vers le col de la montagne en direction de chez moi.

Je dépasse la route menant à ma maison et continue à me diriger vers le nord jusqu'à une clairière que je sais être abandonnée.

— Tu sais vraiment comment choisir un endroit tranquille. Tu ne prévois pas de me tuer ici, n'est-ce pas ? plaisante Harper.

Je coupe le moteur et sors dans l'obscurité, laissant les phares allumés pendant une minute pendant que j'attrape une couverture sur la banquette arrière et la dispose pour pouvoir nous asseoir dessus.

— Assieds-toi.

Elle se dirige vers la couverture et s'assoie.

J'éteins les lumières du camion et retourne dans l'obscurité, m'asseyant à côté d'elle.

— C'est sympa, dit-elle en s'allongeant sur la couverture.

Elle regarde le ciel nocturne, moucheté d'étoiles scintillant au loin.

Je bouge pour m'allonger à nouveau à côté d'elle. Mes genoux se plient alors que je fixe l'obscurité de l'oubli.

— C'est vrai, dis-je.

Je laisse le silence nous envelopper, écoutant plutôt les souffles doux qui s'échappent de ses lèvres.

Plusieurs minutes passent alors que nous regardons le ciel.

— J'ai pensé que je risquais de mourir aujourd'hui, chuchote Harper.

Sa voix se fait douce mais claire comme du cristal.

Je prends sa main.

Je ne suis pas censé me rapprocher d'elle. Je ne suis pas censé avoir des sentiments pour la cliente. Je l'ai rencontrée avant d'être embauché, mais est-ce important ?

Je serre sa main avec précaution.

Elle se met sur son flanc et se blottit contre moi.

Je la serre contre moi, la protégeant et la masquant du monde qui nous entoure.

— Tu veux en parler ? je demande.

Je ne vais pas la forcer à parler de ce qui s'est passé, mais si elle veut se confier à moi, je serais là pour elle.

Elle se mordille la lèvre inférieure, le clair de lune jetant une douce lueur bleue sur ses traits.

— Je suppose que tu n'as pas entendu parler de l'enlèvement sur le plateau aujourd'hui. Une fille a été enlevée dans le parking. Apparemment, elle faisait partie de l'équipe de sécurité engagée par le studio.

Je me tais, ne voulant rien dévoiler. Au lieu de cela, je la prends dans mes bras et écoute ce qu'elle a à dire.

— En allant déjeuner, j'ai vu ce type porter une fille jusqu'à sa camionnette. C'était étrange. Ça semblait anormal. Tout ce qui se passait, Lincoln. J'avais l'estomac noué. Elle ne bougeait pas. Elle n'était pas réveillée. Pour ce que j'en sais, elle est morte. Il m'a forcé à monter dans le van mais je ne voulais pas aller avec lui.

Je ne peux pas rester silencieux plus longtemps.

— Mais tu t'es battue contre lui.

— Je l'ai fait, dit Harper en hochant la tête catégoriquement. Je lui ai blessé les yeux. Je me suis précipitée sur lui et je me suis jetée hors de la camionnette. Je voulais aider la fille qui était étendue là, mais je n'ai pas pu.

Sa voix se brise.

— Tu t'es sauvée et il n'y a rien de mal à ça, dis-je en repoussant les longues mèches de ses cheveux hors de son visage et derrière sa nuque. (Mes doigts dansent sur sa peau.) Tu as été courageuse, et en t'échappant, tu as pu trouver de l'aide et prévenir les forces de l'ordre de ce qui s'est passé.

Elle laisse échapper une légère inspiration et pose sa tête sur mon épaule.

— Ouais. Je n'ai pas pensé à ça comme ça.

— Eh bien, tu devrais. Tu as bien fait de ne pas aller avec lui. Te battre t'a probablement sauvé la vie.

Si je sais qui est le coupable, je ne sais pas quels sont ses mobiles ni s'il est capable de meurtre.

Ben a enlevé Ariella pour une raison, mais Harper n'aurait été qu'un détail à régler.

Il n'aurait pas eu besoin de la garder en vie.

Harper frissonne dans mes bras.

— Et si on rentrait ? je suggère.

Je n'ai pas de veste à lui prêter ce soir.

Mon rôle est de veiller sur elle, et je ne fais pas un bon travail si elle gèle dans la forêt.

— Juste une minute de plus ? chuchote-t-elle, son attention ne se portant pas du tout sur le ciel nocturne.

Sa main chaude se pose contre ma poitrine, et un moment plus tard, elle se met à cheval sur moi, et sa bouche couvre la mienne.

CHAPITRE DIX

HARPER

Je ne suis pas le genre de fille qui embrasse au premier rendez-vous.

Enfin, techniquement, c'est notre deuxième rendez-vous avec Lincoln. Mais quand même, je ne suis même pas le genre de fille à attendre trois rendez-vous.

Je fais toujours les choses lentement.

Ce que personne n'aurait jamais cru, vu les articles de tabloïds et les photos qui circulent.

La fille sur ces photos n'est pas moi. Physiquement, oui, c'est moi qu'on photographie, mais ce n'est pas celle que je suis ou que je veux devenir.

Ce n'est pas moi.

J'ai été jeune, naïve, et dupée.

Avec Lincoln, tout est différent. Mon cœur bat la chamade contre ma poitrine et explose au moment où nos lèvres se rencontrent.

Je me suis penchée en première. J'ai pris l'initiative, en grimpant sur lui.

Ses mains sont posées sur ma taille. Ses doigts caressent le bas de mon dos, remontant légèrement mon t-shirt. Les bouts doux de ses doigts provoquent une réaction qui enflamme mon corps, sauvage et vivant.

— Harper, murmure-t-il.

Je veux faire rouler mes hanches sur les siennes, mais j'ai encore un semblant de maîtrise de moi, même si ce n'est qu'un tout petit peu.

Ça disparait vite.

Je gémis alors que nous nous embrassons, et ma langue écarte ses lèvres, désireuse de continuer l'exploration.

J'ai envie de lui, et je suis presque sûre qu'il a envie de moi aussi.

— On ne peut pas, dit-il.

J'ouvre les yeux en un éclair et je me recule.

Brûlée.

Pourquoi ne pouvons-nous pas ?

— Tu es marié ?

Je suis idiote de croire qu'un type aussi gentil et séduisant que lui est encore célibataire et disponible.

— Non. Je ne suis pas marié, dit-il.

— Fiancé ?

Je ne suis pas le genre de fille à briser un mariage ou des fiançailles.

Me jeter dans les bras de Lincoln a été stupide.

Je descends de lui, m'entoure de mes bras et me précipite vers son camion.

Je m'assoie sur le siège avant et attends qu'il me ramène au parking du studio où je pourrais récupérer ma voiture.

Je ne veux plus jamais le revoir.

Il prend la couverture dehors, la plie avant d'ouvrir la porte arrière du camion, et la jette à l'intérieur sans faire attention.

Je tire sur la boucle de la ceinture et m'attache. Les bras croisés sur ma poitrine, je regarde par la fenêtre, refusant de lui parler.

Lincoln ouvre la porte côté conducteur, monte dedans, mais il ne démarre pas le camion. Au lieu de cela, nous restons assis ensemble en silence.

— Je ne suis pas marié et je ne suis pas fiancé.

Je ne me soucie plus de ce qu'il est ou n'est pas, d'ailleurs. Je lui lance un regard méchant.

— Alors, quoi, tu n'es juste pas attiré par moi ? En quoi ça me fait me sentir mieux ?

Lincoln pousse un énorme soupir.

— Quoi ?

Je ne suis même pas sûre de vouloir savoir, mais maintenant qu'il a clairement montré que le problème venait de moi, je suis livide.

Il allume le moteur.

— Tu m'attires, murmure Lincoln tout bas. Ma bite ne veut pas la fermer.

CHAPITRE ONZE

JAXSON

Le shérif se rend d'abord à l'intérieur de l'établissement, parlant avec l'employé de la réception et le personnel de sécurité qui ressemble plus à des flics de location qu'à autre chose. Ils sont inutiles et devraient être virés.

En supposant qu'elle est dans la suite, ils sont au premier étage, juste au bout du couloir, mais le réceptionniste n'a vu personne correspondant à l'une de leurs descriptions passer la porte d'entrée.

Cela ne veut rien dire. Il y a de nombreuses entrées et sorties dans la station.

Si Ben est là, il n'aurait pas passé la porte d'entrée en amenant une femme inconsciente avec lui. Cela aurait éveillé les soupçons.

Ben est peut-être un connard de première classe, mais je doute qu'il soit complètement idiot.

A-t-il un plan ?

A-t-il l'intention de kidnapper Ariella, de la forcer à se remarier avec lui, ou de la faire changer d'avis et de la reconquérir ?

Mon estomac se retourne à l'idée que Ben puisse poser ses mains sur elle.

Je le tuerai s'il lui faisait du mal.

Elle est à moi.

J'aurais dû la protéger, garder un œil sur elle. Ce n'est pas un secret que Ben a fait savoir qu'il venait pour la trouver. Je n'ai pas la moindre idée de ce que cela signifie.

La culpabilité m'envahit.

J'aurais pu arrêter ça avant que ça ne commence.

J'aurais dû placer une équipe de sécurité autour d'Ariella.

Bien qu'elle m'aurait tué si elle l'avait découvert, cela aurait valu la peine qu'elle soit en colère contre moi, sachant qu'elle aurait été en sécurité.

Les officiers font rentrer les clients dans leurs chambres alors que le SWAT enfonce la porte de la chambre d'hôtel et fait irruption à l'intérieur.

Je suis quelques pas derrière eux, apercevant Ariella attachée sur le lit, le visage meurtri et la joue en sang. Son t-shirt est déchiré, son soutien-gorge rouge en dentelle exposé.

Je lui détache les mains et elle tire sur son t-shirt, serré dans ses mains.

Le SWAT et les officiers accompagnants sécurisent la scène.

Une fenêtre cassée à côté du lit a une trace de sang.

Le rideau flottait avec le vent.

— Il savait que tu venais, chuchote Ariella, sa lèvre inférieure tremblant. Ce n'est pas fini.

———

Declan récupère Izzie à la garderie.

Il est tard lorsque nous rentrons à la maison.

Ariella doit faire sa déposition au shérif, puis nous devons retourner au parking pour récupérer mon camion. Elle me donne les clés, mais je garde les siennes.

Je ne compte pas la laisser conduire jusqu'à la maison. Nous irons au travail en voiture demain si elle est suffisamment en forme.

Le soleil commence à descendre à l'horizon, mais il ne fait pas encore nuit.

Ariella reste silencieuse pendant que je nous conduis à la maison.

La voiture de Declan est garée devant. Skylar n'est toujours pas rentrée, mais elle est adulte. Nous n'avons pas encore eu de conversation, Skylar et moi, sur le temps qu'elle compte rester. Elle m'a fait comprendre qu'elle ne quittera pas la ville, mais je ne l'ai pas non plus invitée à emménager avec moi.

C'est une conversation pour un autre jour. A ce rythme, une autre semaine.

D'autres choses sont prioritaires, comme protéger Ariella et trouver Ben.

Ariella tient une poche de glace contre sa joue fraîchement bandée.

Je gare le camion dans l'allée et sors, faisant le tour pour l'aider à sortir de la voiture.

Elle ne bouge pas.

Ariella me tend la compresse qui est maintenant chaude. Elle sort, marchant à côté de moi.

Je passe un bras autour de sa taille, la gardant près de moi, la protégeant.

Dès que je suis près de la porte, Declan l'ouvre et nous salue.

— Hey, content que tu ailles bien, dit Declan. (Il s'écarte, nous permettant d'entrer dans notre maison.) Je viens de donner un en-cas à Izzie.

Je ferme la porte et la verrouille derrière nous.

Ariella se précipite dans les escaliers sans même dire un mot.

— Macaronis au fromage ! (Izzie s'exclame depuis la table de la cuisine. Elle saute de sa chaise haute et court vers la porte, les doigts collants et tout le reste.) Papa !

Izzie lève les bras en l'air pour que je la prenne.

Je la prends dans mes bras et la serre contre moi.

Izzie fronce son nez et le frotte contre le mien en riant aux éclats.

— Tu es sûr que tu ne lui as pas donné une assiette de sucre avec ces macaronis au fromage ? je demande en riant de bon cœur avant de la reposer fermement sur le sol.

Ma petite fille file vers la table de la cuisine pour finir son en-cas, qui ressemble plus à un dîner, mais je ne vais pas discuter sémantique. J'apprécie l'aide de Declan.

— Non, je lui ai juste donné un shot de liqueur avec son lait, plaisante Declan.

— Bien sûr.

Je retire mes chaussures et garde un œil attentif sur la cage d'escalier. Ariella n'est pas redescendue.

Evite-t-elle Declan et Izzie, ou est-elle simplement montée prendre une douche et se laver ?

Je n'ai pas entendu l'eau du bain se mettre à couler.

Declan baisse la voix.

— Comment va-t-elle ? demande-t-il en faisant un signe de tête vers l'escalier.

— Elle n'a pas dit grand-chose depuis qu'on l'a trouvée à l'hôtel. Le bâtard a filé par la fenêtre du premier étage. Ce n'était pas très difficile.

— Merde, marmonne Declan. Donc, il est toujours en liberté ?

Je pousse un lourd soupir.

— Oui.

Il faut que j'active l'alarme, juste au cas où il déciderait de se montrer. Je l'aurais fait dès mon retour, mais je me doute que Declan va bientôt partir.

— De ce que j'ai vu, elle avait l'air plutôt amochée, dit Declan.

Il enfile ses chaussures et attrape une veste légère qu'il a apportée avec lui.

Je me tiens près de la porte, appuyé contre le mur, les bras croisés sur la poitrine.

— Ouais, il l'a bien malmenée, il l'a agressée, je ne sais pas s'il s'est passé autre chose.

Je passe une main dans mes cheveux, frustré de ne pas être arrivé plus tôt pour la protéger.

C'est ma faute si je n'ai pas mis une équipe de surveillance sur elle et fait en sorte qu'elle soit à l'abri de ce monstre.

— Ne culpabilise pas, dit Declan. Tu ne pouvais pas savoir de quoi il était capable. Ariella ne te l'a jamais dit. N'est-ce pas ?

Les lèvres serrées, je lève les yeux vers Declan. Ça ne me fait pas du tout me sentir mieux.

—C'est vrai.

J'aurais dû le voir venir.

C'est mon travail d'anticiper l'inattendu, et ce n'est pas une surprise que Benjamin Ryan avait l'intention de chercher Ariella.

J'ai simplement pensé qu'il viendrait pour la reconquérir.

— J'allais partir, mais tu devrais peut-être aller voir Ariella d'abord, dit Declan.

Si je fais ça, nous pourrons ne jamais quitter la chambre. Il n'a aucune idée que nous sommes plus que des amis.

— Vas-y. Je peux me débrouiller ici.

— Tu es sûr ? demande Declan.

— Oui. Merci pour la proposition.

La dernière chose dont j'ai besoin est qu'il soit témoin de quelque chose se passant entre nous deux, non pas que je pense qu'Ariella et moi ferons l'amour ce soir. Mais dire que c'est la dernière chose à laquelle je pense serait un mensonge.

— Je te verrai demain.

Declan ouvre la porte d'entrée et sort.

Je regarde et attends qu'il monte dans sa voiture pour fermer la porte et la verrouiller.

J'active l'alarme.

Skylar n'est pas encore rentrée, mais elle a son propre code pour l'éteindre.

— Papa ! Izzie me fait signe pour attirer mon attention, ses doigts couverts de matière orange vif.

— Et si on allait à l'étage pour te nettoyer ?

Je ne suis pas sûr qu'Ariella soit dans la salle de bain de l'étage, mais au moins, je pourrai laver Izzie dans la grande salle de bain.

— Où est Ariella ? demande Izzie.

C'est la première fois que j'entends Izzie dire son nom correctement. Elle grandit si vite.

— Elle est en haut. Ariella a eu une journée chargée aujourd'hui.

Je ne veux pas inquiéter Izzie ou lui faire peur. Elle n'a pas besoin de savoir ce qu'Ariella a traversé. Cependant, elle risque de se poser des questions lorsqu'elle verra les bleus et les écorchures sur le visage d'Ariella.

Izzie s'amuse à monter les escaliers en tapant des pieds, chaque pas étant plus fort que le précédent. Je secoue la tête, souriant en pensant qu'il est agréable d'être inconscient des dangers du monde extérieur.

Ce n'est pas tout à fait vrai, cependant. Izzie a été retenue en otage avec Ariella dans ma maison. Cela n'a pas été une bonne journée, et des cauchemars ont suivi, une autre raison pour laquelle Ariella et moi devons faire attention à ne pas partager un lit ensemble.

Je déteste la distance que j'ai été obligé de mettre entre nous, cachant notre relation à Izzie, mais comment expliquer à ma fille qu'Ariella n'est pas sa mère et ne le sera peut-être jamais, mais qu'elle est une fille que j'aime beaucoup, y compris intimement ? Ce n'est pas une conversation à avoir avec une enfant de trois ans.

Je ne sais pas ce que l'avenir nous réserve, à Ariella et à moi. Le fait que nous travaillons ensemble et vivons sous le même toit complique les choses. Plus encore, le passé d'Ariella complique les choses. Elle a perdu un fils.

Veut-elle seulement être une mère pour Izzie à plein temps ?

— Ariella ! crie Izzie, grimpant les dernières marches avant de courir dans le couloir.

La porte de la salle de bain est ouverte, la lumière éteinte.

Je passe devant ma chambre, et plus loin dans le couloir, il y a la chambre d'amis où Ariella dort. Les deux portes sont fermées, sans aucun signe d'elle.

— Viens, dis-je et je soulève Izzie dans mes bras, la faisant avancer comme un avion, faisant des bruits d'hélice avec mes lèvres avant de la poser sur le tapis de la salle de bain. J'allume l'interrupteur, et elle se déshabille pendant que je fais couler l'eau du bain.

Je donne un bain à Izzie, nettoyant le désastre fromager qui a réussi à recouvrir ses bras, ses doigts et même ses cheveux.

Ensuite, je la sèche, la mets en pyjama, lui donne un en-cas sain, puis lui lis une très courte histoire avant de la mettre au lit. J'allume sa veilleuse et sors discrètement de sa chambre, dos au couloir.

Je me heurte à Ariella.

— Désolé, dit-elle, s'excusant rapidement.

J'attrape ses mains qui pendaient à ses côtés.

— Tu n'as pas à t'excuser. Que dirais-tu de descendre et de manger ?

— Je n'ai pas faim. J'allais juste me coucher.

— Tu as besoin de manger quelque chose. Je vais voir si j'ai de la soupe dans le congélateur.

Je la conduis en bas des escaliers, ma main dans la sienne, sans la laisser filer au lit.

Elle s'assoit tranquillement à la table pendant que je fais chauffer de la soupe de nouilles au poulet.

— Tu n'as vraiment pas besoin de faire ça pour moi. Je ne pense pas pouvoir manger grand-chose.

Je prends une poche de glace dans le congélateur, l'entoure d'une serviette propre et l'approche de sa joue.

Elle grimace avant même que je ne la touche, puis quand elle comprend que je ne vais pas lui faire de mal, elle se détend.

Je dépose un doux baiser sur le sommet de sa tête avant de retourner dans la cuisine près de la gazinière pour surveiller le dîner. Je fais chauffer quelques restes d'hier, car si Ariella n'est pas affamée, moi je le suis.

Trente minutes plus tard, après avoir mangé deux bols de soupe, elle pose sa cuillère.

— Ouah, j'ai mangé plus que je ne le pensais, dit-elle.

— Bien.

Je fais la vaisselle et éteins les lumières.

Skylar n'est toujours pas à la maison, et je n'ai reçu aucun message d'elle. Peut-être qu'elle a un petit ami dont je ne suis pas au courant ?

— As-tu des nouvelles de Skylar ? je demande, doutant qu'Ariella en sache plus que moi, mais elles sont toutes les deux des filles.

Les filles ne se racontent pas tout ?

— Non, répond Ariella en me suivant jusqu'au canapé pour s'asseoir. Ce n'est pas mon jour pour la surveiller.

— Je vois que tu as toujours ton sens de l'humour. (Je l'attire sur mes genoux et attrape la couverture sur le dossier du canapé, la tirant autour de nous.) Je peux faire quelque chose pour toi ? Tu veux quelque chose ?

— Non, ça fait du bien, chuchote-t-elle, ses yeux se fermant alors que j'enroule mes bras autour d'elle pour la protéger.

— C'était le but, je murmure à son oreille, souriant, soulagé qu'elle me laisse la tenir.

Sa voix est douce, hésitante.

— Je veux te dire ce qui s'est passé, mais tu dois me promettre de ne pas te mettre en colère.

Je ne peux pas faire ça, pas si elle veut dire qu'elle ne veut pas que je sois en colère contre Ben.

Il l'a droguée, agressée, et qui sait ce qu'il aurait fait d'autre si nous n'étions pas arrivés à ce moment-là.

— Je n'ai aucune raison d'être en colère contre toi. (Je veux qu'il soit clair que ma colère n'est pas dirigée contre elle.) Tu n'as rien fait de mal, Taches de rousseur.

— C'est de ma faute. Entièrement.

CHAPITRE DOUZE

LINCOLN

Je conduis Harper au studio pour récupérer sa voiture.

Étonnamment, le studio ne nous a pas demandé de monter la garde pour la nuit. Les caravanes des stars sont fermées à clé, ainsi que le matériel de tournage.

Je coupe le moteur et sors, avec l'intention de la raccompagner à sa voiture. Je ne vais pas la laisser, et je dois m'assurer qu'elle rentrera au motel sans problème.

Après tout, je suis toujours son garde du corps tant qu'elle n'est pas dans sa chambre de motel.

— Tu n'as pas besoin de me raccompagner à ma voiture. Ce n'est pas un peu cliché ? demande Harper.

— C'est quelque chose qu'un gentleman devrait toujours faire, je réponds.

Je marche à côté d'elle, quelques petites enjambées jusqu'à sa voiture de location.

La tension entre nous est montée depuis que je lui ai avoué qu'elle a réussi à m'exciter.

Elle ne semble pas dégoûtée par ma remarque, et bien que je veuille tenir ma langue, la vérité est qu'elle avait besoin de l'entendre.

Harper s'est mis en tête que je n'étais pas intéressé par elle ou que je n'étais pas disponible, ce qui n'est pas vrai.

Approchant de sa voiture, je la plaque contre la portière, mes mains sur ses hanches. Mes lèvres caressent son cou, l'embrassant doucement et lentement, voulant qu'elle sache que je désire chaque centimètre de son corps.

Ses mains glissent dans les poches arrière de mon pantalon, me tirant plus près.

— Rentre avec moi.

— Nous ne sommes plus des adolescents, dis-je avec un rire franc.

Elle a une petite voiture de location. Il n'y a aucun moyen d'être à l'aise pour faire l'amour là-dedans, sans parler du fait que je suis censé garder mes mains pour moi.

J'échoue lamentablement.

— Je voulais dire ma caravane de tournage. J'ai les clés. Il n'y a rien que nous deux ici. (Harper balance ses hanches contre les miennes.) Je t'aime bien, Lincoln. Je ne peux pas dire ça de beaucoup des gars que j'ai connus. (Elle se penche et dépose un baiser rapide sur mes lèvres.) S'il te plaît, ne me déçois pas.

Comment puis-je lui dire non ? Je la veux.

Elle me veut.

Pourquoi les choses doivent-elles être si compliquées ?

Je mets ma main dans la sienne.

— Les dames d'abord, je chuchote.

CHAPITRE TREIZE

HARPER

Je pense qu'il va refuser.

Je suis certaine que Lincoln trouvera une excuse bidon et me laissera seule dans le champ, retournant la terre pendant que son camion s'éloigne.

Il n'est pas comme les autres gars avec qui je suis sortie, qui ne cherchaient qu'une chose : la célébrité.

Je me dépêche de traverser le terrain, ma main accrochée à celle de Lincoln et je l'entraîne avec moi vers la caravane du studio. Je sors ma clé et déverrouille la porte.

Ses mains sont sur mes hanches tout le temps, ses lèvres sur mon cou alors qu'il repousse mes cheveux sur le côté.

— Lincoln, je gémis alors qu'il fait des choses sur mon cou qui font trembler mon corps et le rendent faible.

J'ai du mal à me tenir debout, à cause de lui.

En jetant un coup d'œil par-dessus mon épaule, je dois faire un pas en arrière pour ouvrir la porte de la caravane, me collant plus fortement contre son corps.

Je peux sentir son excitation m'envahir, la preuve de son excitation dure et prometteuse des choses à venir.

Avec l'une de ses grandes mains fermes, posée sur ma hanche, il me guide en arrière pour ouvrir la porte, puis nous nous faufilons à l'intérieur en enlevant nos chaussures.

Je le lâche assez longtemps pour croiser mes bras sur ma taille et remonter mon t-shirt par-dessus ma tête, le jetant à travers la pièce.

Lincoln me suit, ses lèvres se posent à nouveau sur mon cou, plongeant dans mon décolleté, ses mains à ma taille me gardant proche et serrée alors que je retombe contre le matelas.

Il me domine, défaisant les boutons de sa chemise, prenant tout son temps pour me regarder, s'arrêtant un instant après avoir déboutonné sa chemise.

— Qu'est-ce qu'il y a ? je murmure, en le regardant fixement.

Avant qu'il ne puisse me répondre, je m'assoie et pousse sa chemise sur ses bras. Elle tombe sur le sol en un tas.

Je défais le bouton de son jean foncé, puis j'ouvre la fermeture éclair, mes doigts effleurant son volume.

Lincoln gémit à mon contact, et il pousse son jean sur le sol. Le seul morceau de tissu restant est son boxer noir foncé.

— Tu portes trop de vêtements, dit Lincoln.

Ses doigts caressent mon dos, et sa bouche se pose sur la mienne.

Il dégrafe mon soutien-gorge, le tissu glissant le long de mes bras, et je laisse le sous-vêtement en coton tomber sur le sol à côté du lit.

— C'est mieux ? dis-je en souriant.

Mes yeux se ferment un instant lorsque ses lèvres s'y accrochent, goûtant, m'amenant à de nouveaux sommets de plaisir alors qu'une vague d'euphorie s'abat sur moi.

Les lèvres de Lincoln restent sur mon sein tandis que ses doigts travaillent habilement à défaire mon pantalon.

— Lève tes hanches, me dit-il, et je m'exécute.

Il guide mon pantalon vers le bas mais laisse ma culotte de satin noir.

Heureusement, j'emporte ma culotte la plus sexy quand je voyage. Je n'aurais jamais pensé que je serais reconnaissante de l'avoir apportée avec moi.

Lincoln est un rêve devenu réalité, un fantasme dans la vie réelle. Tout en lui est sexy. Mes doigts effleurent sa poitrine, ma paume frotte sa peau nue, tâte ses muscles. Je ne veux pas que ce moment se termine.

Son souffle chaud trace un chemin de baisers fervents le long de l'intérieur de ma cuisse, jusqu'à mon centre chaud.

Je halète et gémis tandis qu'il m'embrasse et me touche, se débarrassant du dernier vêtement qui me reste. Sa langue fait des merveilles, m'amenant à de nouveaux sommets, l'humidité me recouvrant, mon pouls battant la chamade, prête pour lui.

— Tu es si belle, murmure-t-il, me titillant, me goûtant, et faisant frémir mon corps sous son contact.

Mes doigts se crispent sur les draps, formant des poings tandis que mon corps répond à ses attentions, sa langue et ses doigts étant magiques d'une manière que je n'ai jamais expérimentée auparavant.

Il y en a eu d'autres, mais aucun n'était aussi doué ou dévoué au lit. Mes lèvres s'entrouvrent, cherchant de l'air, déjà à la limite lorsqu'il prend un préservatif dans son portefeuille, ouvre l'emballage et le glisse sur sa longueur avant de revenir sur mon corps.

Je me penche en avant, recouvrant sa bouche, ma langue se frayant un chemin à travers ses lèvres, affamée alors qu'il me pénètre. Je gémis, affamée, désireuse de le satisfaire. Je plie mes jambes, l'attirant plus profondément en moi, les yeux fermés.

— Regarde-moi, ordonne Lincoln, la respiration lourde et rauque.

Je lutte pour ouvrir les yeux, mais je lui donne ce qu'il veut. Un gémissement impatient sort de mes lèvres. Ma tête bascule en arrière contre l'oreiller, mon dos se cambre alors qu'il me remplit à chaque mouvement. Je suis proche, mais je le veux avec moi, vivant l'expérience ensemble.

Lincoln grogne et je me cramponne à lui, le sentant sur le point de franchir la limite.

J'enroule mes jambes autour de lui, le tirant plus près, mes bras le serrant, ayant besoin de chaque poussée autant que de la précédente.

Il me donne ce dont j'avais besoin, mon corps frissonnant et palpitant tandis que mon cœur bat sauvagement contre ma poitrine, le son assourdissant dans mes oreilles.

———

Je me réveille tôt le lendemain matin. La lumière entre à travers les rideaux de la caravane.

— Je dois y aller, chuchote Lincoln en déposant un doux baiser sur mes lèvres.

Gémissant en signe de protestation, mes yeux toujours fermés, je tends le bras et l'attrape.

— Ne pars pas.

Je ne veux pas qu'il s'enfuie comme les autres et que je n'entende plus jamais parler de lui.

Il balaye une mèche de cheveux derrière mon oreille.

— Je viendrai te chercher ce soir, après le travail, pour dîner. Peut-être qu'on peut faire quelque chose d'amusant ?

— Je veux faire du rafting, je murmure, à moitié endormie.

Je n'en ai jamais fait, mais j'ai entendu sur le plateau que l'équipe a prévu d'aller sur la rivière. Certains vont faire du tubing, d'autres du rafting en aval.

Le lit penche. Lincoln se perche sur le bord du matelas.

J'ouvre paresseusement les yeux, le regardant fixement. Ai-je gagné ? Va-t-il rester un peu plus longtemps ? Je tapote le lit à côté de moi.

— Il sera trop tard dans la soirée pour faire du rafting, mais on peut prévoir de le faire samedi. Si tu n'as pas déjà quelque chose de prévu, dit Lincoln.

Je roule sur le côté, tirant légèrement les couvertures vers le bas pour qu'il puisse avoir un aperçu de ce qu'il rate en partant.

— Reviens au lit, dis-je. Je vais faire en sorte que ça en vaille la peine.

Lincoln se penche, ses lèvres douces et sucrées déposant un doux baiser sur mes lèvres.

— Même si j'adorerais faire ça, je devrais partir avant que l'équipe ne commence à arriver au travail.

Il a raison, et quand il recule pour mettre fin au baiser, je gémis en signe de protestation.

— Ok...

Je remonte les couvertures autour de moi en me redressant, lui offrant un léger sourire.

Même si j'aurais voulu qu'il reste au lit avec moi toute la journée, nous ne pouvons pas faire ça dans la caravane.

En gloussant, il se lève et arrange les boutons de sa chemise.

— J'ai hâte d'être à ce soir.

———————

Après le départ de Lincoln, je prends une douche, effaçant toute preuve que j'ai connu le sexe le plus incroyable et le plus torride de ma vie.

Je ne veux pas admettre que mon cœur s'emballe quand je suis près de lui.

Breckenridge, c'est censé être temporaire.

Je n'ai pas l'intention de vivre dans une petite ville au milieu de nulle part, mais l'idée de partir me fait mal.

Qu'est-ce que j'ai à la maison ?

Personne.

Ma maison est sympa, mais ce n'est pas suffisant.

Ce n'a été qu'une nuit, une nuit fabuleuse et bouleversante, mais je ne peux pas laisser ce qui s'est passé entre nous changer mes plans ou ma vie.

Lincoln ne va pas bouleverser sa vie et sa carrière à cause d'une fille qu'il vient de rencontrer.

N'est-ce pas ?

Je m'habille rapidement avec mes sous-vêtements et un peignoir, et sors en tongs jusqu'à la caravane de maquillage pour finir de me préparer.

Je trébuche sur une pierre et ne parviens pas à me rattraper, me cognant l'orteil et me fracassant le genou au sol.

Je grimace et jure tout bas.

— Tu vas bien ? demande Lincoln.

Il se penche et me tend la main pour m'aider à me relever.

J'écarquille les yeux avant de reculer et de me relever sans son aide.

— Qu'est-ce que tu fais encore là ?

Je jette un coup d'œil vers lui, remarquant ses vêtements de rechange et le badge accroché à un cordon autour de son cou.

En lettres géantes, le cordon indique SECURITE.

— Depuis quand tu travailles ici à la sécurité ?

CHAPITRE QUATORZE

LINCOLN

Je me suis précipité chez moi juste avant que le soleil ne se lève. Je ne voulais pas quitter Harper, mais je devais me doucher et m'habiller.

Je ne sais pas si je suis censé travailler à la sécurité aujourd'hui, mais après ce qui s'est passé hier avec Ariella, je ne veux pas la déranger, ni Jaxson.

Je peux venir ce matin pour mon service, et si on n'a pas besoin de moi, je partirai pour l'après-midi.

Après hier, je m'attends à ce que Jaxson veuille avoir un œil supplémentaire sur le plateau pour s'assurer que tout se passe bien et que tout le monde va bien.

Ce serait une longue journée, d'autant plus que je suis toujours le garde du corps d'Harper, mais je n'ai pas l'impression de travailler.

Passer du temps avec elle, c'est quelque chose que j'ai envie de faire.

Après m'être douché et changé rapidement à la maison, je prends un café au café du coin, en disant bonjour à Skylar. Elle griffonne son numéro sur ma tasse et me dit qu'elle espère que je l'appellerai.

Je ne peux pas lui dire que je sors avec Harper Madison.

Est-ce qu'on sort ensemble, en fait ?

Que se passera-t-il quand le tournage sera terminé et qu'Harper retournera en Californie ?

Breckenridge est ma vie. J'aime cet endroit, la solitude tranquille.

Los Angeles n'a rien à voir avec notre petite ville, un petit coin de paradis.

En arrivant sur le parking, je passe devant une voiture de sport bleu métallisé foncé.

Je gare mon camion et sors, marchant vers la voiture, la regardant de l'extérieur.

— Puis-je vous aider ? me demande un homme avec un fort accent italien.

Il est légèrement rond, avec un nez pointu et une épaisse chevelure sombre. Ils doivent être teints. Ils sont presque trop noirs pour son âge.

Le parking est encore presque vide. Je suis en avance, mais on attend de Tactique de l'Aigle que l'on arrive sur le plateau avant l'ensemble des acteurs et de l'équipe.

Je sors mon badge. Le cordon porte les lettres géantes SECURITE ainsi que ma photo sur la carte d'identité.

— Je suis de la Sécurité. Puis-je vous aider ? je demande, lui renvoyant la question.

Il n'a pas encore commis d'intrusion.

— Non, répondit-il. (Il secoue la tête et se dirige vers sa voiture.) J'allais justement partir.

———

J'ai vu une photo de Benjamin Ryan.

L'homme mystérieux avec la voiture de sport n'est pas Ben. Je ne suis pas sûr de qui il est, mais je garde un œil sur Harper.

Harper a fait une belle chute, trébuchant sur un rocher et s'écorchant le genou.

Elle est à peine sortie de sa caravane et n'est certainement pas habillée pour le tournage.

Est-ce là qu'elle se dirigeait quand elle est tombée ?

— Laisse-moi t'aider, lui dis-je, ignorant sa question sur ma présence dans l'équipe de sécurité du tournage.

Je ne lui offre pas juste ma main.

Au lieu de cela, je me penche et tends la main vers son coude pour l'aider à se relever. Elle peut me crier dessus autant qu'elle veut, mais je doute qu'elle veuille le faire et déclencher un scandale.

Elle a une réputation à protéger, et je soupçonne qu'elle ne veut pas que quelqu'un sache que nous avons couché ensemble.

Bien qu'elle a une réputation, selon le studio et les tabloïds, la vérité est que je me fiche de ce que les autres pensent.

J'ai passé du temps avec elle et appris à connaître la vraie Harper Madison, et elle n'est pas comme tout le monde le prétend.

J'ai entendu les rumeurs. Je choisis de les ignorer.

Ses yeux se plissent, et elle recule.

— Je n'ai pas besoin de ton aide, dit-elle.

Harper se lève et s'époussète les mains et les genoux, la peau de son genou étant éraflée avec une petite trace de sang qui doit être nettoyée mais ne nécessite pas de points de suture.

— Et si je t'emmenais à ta caravane pour trouver une trousse de secours ?

Elle renifle et fait un pas en arrière.

— Laisse-moi tranquille.

Je lève les mains en signe de résignation.

— J'essaie juste d'aider.

— Je ne veux pas de ton aide.

C'est évident. Je tiens ma langue. Ça ne sert à rien de discuter avec elle alors qu'elle est déjà en colère contre moi. Je sais que ça ne se passera pas bien si elle découvre que je suis son garde du corps.

A-t-elle réalisé que j'ai été engagé pour la surveiller en dehors du plateau, ou est-elle simplement furieuse que je fasse partie de l'équipe de Tactique de l'Aigle et que je gère la sécurité de la production ?

Merde.

Est-ce important ?

Elle ne voudra probablement plus jamais me voir, et je dois garder un œil sur elle ce soir. Si je ne peux pas le faire, je peux demander à Jaxson ou à un des autres gars, mais elle saura qu'ils ont été engagés comme garde du corps, et je doute qu'elle soit d'accord avec la compagnie.

Harper me dépasse vers sa caravane.

Je dois lui laisser de l'espace. Si elle veut être seule, ce n'est pas mon rôle de la surveiller et de l'aider. J'ai peut-être essayé de la protéger, de nettoyer son genou écorché et de l'embrasser, mais ce n'est pas une enfant.

Je dois respecter le fait qu'elle ne veut probablement rien avoir à faire avec moi.

Jaxson approche, les mains enfouies dans sa veste. Il me fait un signe de tête tout en jetant un coup d'œil à la caravane d'Harper.

— Tout va bien ?

— Ça ne pourrait pas aller mieux. Comment va Ariella ? je demande.

Je ne l'ai pas vue ce matin et je veux désespérément parler d'autre chose. Le moins que je puisse faire est de lui demander de ses nouvelles après ce qu'elle a vécu hier.

Ses yeux se rétrécissent, me fixant. Il peut probablement voir à travers ma façade, mais il ne dit rien de plus sur Harper.

— Elle se remet, dit Jaxson. J'ai suggéré qu'elle parle à un psychologue, mais tu connais Ariella. Elle est dure et aime penser qu'elle peut tout gérer toute seule.

— Elle a traversé beaucoup d'épreuves, dis-je. Ce n'était pas une mauvaise idée, qu'elle cherche de l'aide. Parler avec quelqu'un pourrait certainement aider. Et son ex-mari, Ben ? Il a été arrêté ?

J'espère qu'ils ont mis ce bâtard derrière les barreaux.

— Il n'y a eu aucun signe de lui. La police a lancé un avis de recherche, mais le shérif ne m'a pas contacté. Il est là dehors, quelque part.

Les sourcils de Jaxson se froncent.

— La police va le trouver.

— Ouais, répond Jaxson d'un ton bourru.

— Et Mason ? Comment va-t-il ? je demande.

— Mason est de retour au bureau. Le médecin lui a dit qu'il pouvait faire du travail de bureau pendant les deux prochaines semaines jusqu'à ce qu'il y retourne pour un autre contrôle.

C'est bon d'entendre que Mason va mieux. C'est assez dur de voir ce qu'il a traversé et perdre son oncle n'a pas dû être facile non plus.

— Excusez-moi ! Une jeune femme aux cheveux vénitiens se précipite vers nous.

— Oui, comment pouvons-nous vous aider ? je demande, en jetant un coup d'œil à son badge, pour m'assurer qu'elle appartient bien au studio de production.

Ses joues sont pâles, ses yeux grands.

— Je ne trouve Harper Madison nulle part. La star du film, elle est partie.

— Elle est dans sa caravane, dis-je en marchant à côté de la jeune blonde vers la caravane d'Harper, où les choses ont été chaudes et torrides la nuit précédente.

Je n'entre pas.

Je frappe fermement, avec force.

— Mme Madison, dis-je, ne voulant pas que quiconque soit au courant de notre relation.

Il n'y a pas de réponse.

Elle est probablement en train de m'éviter.

Jaxson nous suit.

— Harper Madison. C'est la sécurité, dit Jaxson.

Je m'écarte, et il frappe à nouveau fermement à la porte de la caravane qui est fermée.

— Nous rentrons, annonce-t-il en ouvrant la porte.

Elle a été laissée déverrouillée et Jaxson entre le premier.

Je le suis, jetant un coup d'œil autour de moi, mais Harper est introuvable.

— Peut-être qu'elle est sur le plateau, au maquillage ou à la coiffure, je suggère à la jeune femme.

— Non. Je suis la maquilleuse, et elle est en retard.

— En retard de combien de temps ? je demande.

Je frappe à la porte de la salle de bain de la caravane et vérifie qu'elle est vide. Je ne vois ni ses clés de voiture ni son téléphone portable, mais je ne suis pas sûr que cela signifie quelque chose. Je dois vérifier le terrain pour voir si sa voiture est là où elle l'a laissée hier soir.

— Plus d'une heure, dit la jeune femme.

— Je suis sûr qu'elle n'est pas allée loin. Pourquoi ne pas retourner à votre caravane, et nous allons la trouver ? lui dis-je.

Elle sort de la caravane, et je jette un coup d'œil à Jaxson, attendant que nous soyons seuls.

— Qu'est-ce qu'il y a ? demande Jaxson.

— Harper était furieuse quand elle a découvert que je travaille à la sécurité du film.

Je jette un coup d'œil par la fenêtre arrière de la caravane, au-dessus de l'évier, qui mène au parking. Il y a trop de véhicules pour remarquer si sa voiture a été déplacée ou non.

La mâchoire de Jaxson est serrée, son corps raide.

— Tu penses qu'elle s'est enfuie ?

Je ne la connais pas assez bien pour savoir comment elle gère le stress, ou la colère, d'ailleurs.

— Peut-être. J'espère que c'est tout ce que c'est. Il y avait un type dehors ce matin dans le parking avec sa Lotus Evora. Une voiture de luxe comme ça, ça se remarque.

— Sans blague. Je ne pense pas en avoir déjà vu une dans le Montana, et encore moins à Breckenridge, dit Jaxson. Pourrait-il s'agir d'un dirigeant du studio ?

Tout est possible, mais je n'ai pas eu cette impression en le regardant.

— Ce serait un soulagement si ce n'était que ça, et dans ce cas, ne serait-il pas encore là ?

Je sors de la caravane et passe devant les cordes installées sur le parking.

Il n'y a aucun signe de la voiture de location de Harper ou de la luxueuse voiture de sport que j'ai vue plus tôt. Je sors mon téléphone portable et appelle Mason. Comme il est au bureau, je lui demande de localiser le téléphone portable d'Harper et de me rappeler ou de m'envoyer un sms avec sa localisation.

Quelques minutes plus tard, mon téléphone vibre avec un sms.

— Je sais où elle est, dis-je en jetant un coup d'œil à Jaxson.

— A quelle distance ?

Son expression est sinistre.

Bientôt, d'autres personnes commenceront à remarquer que Harper n'est pas sur le plateau aussi.

Elle n'est pas si loin, mais elle est près de la rivière et semble être près d'un point d'entrée avec des rafts disponibles à la location pour le public.

Si elle loue un raft et n'a pas d'expérience, je ne veux pas penser à ce qui pourrait lui arriver.

C'est le dégel du printemps, ce qui signifie que la rivière est haute et que les rapides sont dangereuses.

CHAPITRE QUINZE

HARPER

Comment ose-t-il ?

Je traverse en trombe le champ pour atteindre ma voiture et sors du parking. Je baisse les vitres et pousse un cri, mes mains serrant le volant en poings serrés.

— Quel crétin !

Je n'arrive pas à croire qu'il m'a fait croire qu'il est venu sur le plateau hier soir pour moi.

C'est tout ce que j'ai été pour lui, juste une autre mission ?

J'appuie à fond sur l'accélérateur. Mon pied est bien enfoncé sur la pédale et je me dirige vers la route poussiéreuse de la montagne.

J'ai entendu le ruisseau la nuit dernière quand nous avons campé sous les étoiles. Même si je ne veux plus rien avoir à faire avec Lincoln, l'idée de faire du rafting me fait du bien, prendre le contrôle, sans personne à des kilomètres à la ronde, dans la solitude.

Le seul problème est de savoir où je vais pouvoir trouver un radeau.

Je monte à toute vitesse dans la montagne avant de m'arrêter sur une route de gravier et de sortir mon téléphone portable.

J'ai un réseau pourri dans les bois, et internet est lent, mais ça fonctionne.

Je trouve des installations de location et clique sur l'information pour un point à proximité, laissant le GPS me guider là où je dois aller.

Vingt minutes plus tard, j'ai garé la voiture, payé pour un raft de location, et renoncé à l'opportunité de monter avec un guide.

Le préposé de service ne cesse de parler du danger de la rivière et de sa recommandation d'engager un guide.

Ce n'est pas que je ne peux pas me permettre d'avoir un guide, mais je préfère être seule. Apparemment, il a du mal à comprendre ce fait.

Finalement, il me tend les papiers et je signe la décharge légale avec beaucoup de jargon sur les blessures et la mort que je ne prends pas la peine de lire attentivement.

— Assurez-vous de prendre un casque et un gilet de sauvetage à l'extérieur. Ces articles sont accrochés juste de l'autre côté de ce mur.

— Merci.

Je me dirige vers l'extérieur, montre mon reçu au préposé en service et on me remet un petit raft, fait pour accueillir confortablement deux personnes, ainsi qu'une pagaie.

— Assurez-vous de prendre un casque et un gilet, me dit le monsieur.

Je fais semblant de ne pas l'entendre. Je porte le raft et le place au bord de la rampe de lancement, un chemin en ciment qui mène à la rivière sur une pente raide. Je ne vois aucun bateau, et la rivière est calme, du moins en termes de locations.

On est, après tout, un mardi matin, et je suis probablement leur premier client de la journée.

— Harper ! La voix de Lincoln porte avec le vent alors que je jette un coup d'œil regretté en arrière vers la voix.

Il claque la porte du camion et trottine dans ma direction.

Oh, bon sang, non.

Il ne va pas me convaincre de ne pas le faire.

Je pousse le radeau plus loin dans l'eau, mes pieds et mes genoux mouillés alors que je m'assure de m'éloigner du ciment. La dernière chose que je veux, c'est que Lincoln me suive.

Je saute sur le radeau et utilise la pagaie pour m'éloigner rapidement du bord de la rivière. Je ne suis pas allée loin.

Lincoln me poursuit, plongeant dans l'eau, éclaboussant, puis se jetant entièrement dans l'eau en commençant à nager vers moi.

— Tout va bien, madame ? me crie le préposé.

Je lève les yeux au ciel en regardant Lincoln. Il ne va pas me faire de mal, juste m'agacer.

— Oui, mon petit ami est juste un idiot ! je réponds en criant à l'homme.

Lincoln refait surface, les bras au bord du radeau, s'accrochant. Je ne peux pas voir le fond de la rivière.

Est-elle profonde ?

— Petit ami, hein ?

— Ne prends pas la grosse tête. Je me suis dit que si je t'appelais le gars avec qui j'ai regrettablement couché, il pourrait appeler les flics. Tu veux monter ?

Il le fera probablement sans ma permission, vu qu'il m'a chassé le long de la rivière.

— Je pensais que tu ne demanderais jamais, dit Lincoln.

Il se hisse sur le raft.

Le bateau tangue.

J'écarquille les yeux et je me pousse sur le côté opposé pour empêcher le radeau de basculer.

— Attention ! Je l'avertis.

— C'est drôle, c'est moi qui devrais te dire ça. Pas de casque. Pas de gilet de sauvetage. Et une pagaie.

Il sait exactement quoi dire pour m'énerver.

— Eh bien, je n'attendais pas de compagnie.

— Il y a un autre point de location à quelques kilomètres plus bas. On pourra prendre le reste du matériel nécessaire, tant qu'on fait du rafting. (Lincoln fait un geste vers la pagaie.) Elle est toute à toi.

— Eh bien, merci. Tu es un vrai gentleman, n'est-ce pas ? je me moque en essayant de pagayer.

Je n'arrive pas à atteindre les deux côtés d'où je suis assise.

Il faut une autre pagaie.

Lincoln sourit tout du long, satisfait de la situation difficile.

Je veux le détester, mais cet énorme sourire et son attitude insouciante me détendent presque.

— Tu t'amuses ?

Je lui fais quand même vivre l'enfer. C'est le moins que je puisse faire vu ce qu'il m'a fait subir, en ne me disant pas la vérité.

Avait-t-il l'intention de me dire qu'il travaille à la sécurité de la production ?

Pensait-il que je ne le remarquerais pas ?

— Oui, mais je pense qu'il serait utile que l'on change prudemment de position. Je serai dans ton dos, et tu prendras les commandes.

Je hausse un sourcil à sa suggestion.

— Plus longtemps tu me fixeras avec ce regard aguicheur plus longtemps on restera assis sur la rivière à ne pas bouger.

— Ce n'est pas un regard aguicheur, je rétorque.

Nous n'avons pas encore atteint les rapides, et je ne peux même pas les voir ou les entendre au loin.

Lentement et prudemment, nous changeons de position, je me glisse à l'avant, au centre, et Lincoln s'assoit derrière moi.

— Bien sûr, ça n'en est pas un, dit Lincoln avec un sourire narquois.

Heureusement, je suis assise à l'avant. Au moins, il ne peut pas voir l'expression sur mon visage.

Nous restons assis en silence pendant plusieurs minutes tandis que je pagaye d'un côté à l'autre, nous faisant avancer vers l'aval, le plus souvent au centre. J'évite les rochers à droite et la racine d'arbre à gauche de la rive.

Le raft bouge légèrement, et les mains chaudes de Lincoln effleurent les cheveux sur le côté de mon cou.

D'une main, j'agrippe le raft et de l'autre, le manche de la pagaie.

— Qu'est-ce que tu fais ? je couine.

Je n'ai pas l'intention d'avoir l'air aussi incertaine et pas du tout confiante, mais il m'a prise au dépourvu.

— Je m'excuse, murmure sa voix rauque à mon oreille, ce qui me fait frissonner.

Pas question.

Ça ne va pas le faire.

— Le sexe n'est pas une excuse, dis-je en le regardant par-dessus mon épaule.

J'envisage de le frapper à la tête avec ma pagaie, mais je ne veux pas le faire tomber à l'eau ou risquer qu'il se noie.

L'eau est sombre et profonde.

Je ne peux pas voir le fond.

Le silence remplit le vide, et Lincoln montre du doigt la rampe et le poste de location tout proche. Il semble identique au précédent que je viens de visiter.

— Arrête-toi le long de la rampe, dit Lincoln.

Oui, je vais faire ça et je le larguerai.

— Bien sûr.

Je pagaye plus fort, voulant arriver rapidement pour pouvoir le laisser sur place.

Lincoln descend, ses pieds se mouillant. Non que ça importe. Il est encore assez trempé de sa baignade précédente.

J'attends près de l'entrée pendant qu'il se dirige vers la plate-forme. Dès qu'il a les pieds sur la terre ferme et qu'il se détourne de moi pour prendre le matériel, je pars en pagayant.

Il faut deux bonnes minutes avant qu'il ne se retourne et ne le remarque.

— Harper !

En ricanant, je lui fais signe et le salue avant de pagayer en aval.

CHAPITRE SEIZE

ARIELLA

Le film a fait une pause. Sans l'actrice principale, il n'y a pas grand-chose à faire.

Ça me convient. Je ne suis pas d'humeur à travailler.

Je veux me blottir sur le canapé avec une boîte de chocolat à la menthe et manger.

Jaxson se dirige vers moi. Il m'a observé toute la journée.

La plupart du temps, je lui suis reconnaissante de s'inquiéter pour moi, mais parfois j'ai aussi besoin de mon espace.

— Je viens de recevoir un message de Lincoln. Il a trouvé Harper, et elle se dirige vers le bas de la rivière, dit Jaxson.

Je ne comprends pas ce qu'il veut dire.

— En bas de la rivière ? (Je n'ai pas vécu si longtemps à Breckenridge. J'ai survécu à l'hiver, c'est tout. Devons-nous intervenir ?) On devrait aller là-bas et aider ?

Il ne semble pas que le tournage va reprendre de sitôt.

— Je pense que Lincoln gère la situation. Harper est partie faire du rafting, et c'est le meilleur guide que je connaisse, dit Jaxson.

— Oh. Ça a l'air amusant. Peut-être qu'on devrait faire ça un jour ? Tous les trois ? suggérai-je.

— Tous les trois, répéta lentement Jaxson.

Essaye-t-il de deviner qui est la troisième personne que j'invite avec nous ? Ce n'est pas Lincoln.

— Oui, ce serait bien de faire quelque chose avec toi et Izzie.

J'aime bien passer du temps avec eux.

Est-ce une mauvaise idée ?

Jaxson a-t-il des problèmes pour s'engager ?

Nous n'avons pas vraiment parlé à qui que ce soit de notre relation.

Je ne cherche pas un autre mari. Un a été suffisant, mais je veux plus avec Jaxson.

Il n'est pas juste une aventure.

— Tu es silencieuse, dit Jaxson.

— Je réfléchis.

— Oh, il me taquine et me donne un coup de coude. Ça ne sent pas bon.

Je lève les yeux au ciel et attrape ses bras, les coinçant derrière son dos, mon corps serré contre le sien. Je me penche sur la pointe des pieds pour atteindre ses oreilles.

— Y a-t-il une chance que tu aies des menottes par ici ?

J'ai besoin d'oublier, de repousser la peur qui s'insinue en moi la nuit et me prend en otage.

Jaxson hausse un sourcil.

— Peut-être, mais ce ne sera pas pour moi, Taches de rousseur.

Je déglutis et fixe ses yeux bleus calmes. Il me prend au dépourvu. Je ne m'étais pas attendu pas à ce qu'il admette qu'il avait des menottes. Qu'est-ce qu'il a d'autre ? A moins que ce ne soit strictement pour le travail ? Il est ancien militaire et travaille dans la sécurité, mais je n'ai jamais vu ses menottes en métal.

— Tu rougis, me chuchote Jaxson à l'oreille.

Ma prise sur ses poignets n'est pas si forte, et il se libère.

Il m'attrape par les poignets et me fait tourner sur moi-même, les mains coincées dans le dos, son corps pressé contre le mien. D'une main, il me tient fermement, et de l'autre, il effleure les cheveux d'un côté de mon cou, son souffle caressant ma peau.

— Tu as déjà utilisé des menottes au lit ? demande-t-il.

Je jette un coup d'œil autour de moi, heureuse que personne ne nous prête attention.

— Et toi ? je réplique.

Un soupçon de nervosité se dégage de ma voix. L'a-t-il remarqué ?

Il me rapproche et me fait contourner le coin du côté opposé de la caravane où nous sommes hors de vue de la poignée de membres de l'équipe qui sont restés dans les parages. La plupart sont partis, et le directeur, vingt minutes plus tôt, a déclaré la journée terminée.

— Tu vas bien ? demande-t-il.

Nous ne sommes plus en service, mais nous sommes encore sur place.

Jaxson a insisté pour que nous attendions d'être les derniers à rester.

Comme si nous étions en train de travailler à ce moment précis.

Quelqu'un pourrait partir avec la caravane d'une des stars, et aucun de nous ne l'aurait remarqué.

Je lève la tête, me penchant vers lui sans l'embrasser, laissant le moment s'attarder entre nous.

— Je m'inquiète pour toi, Taches de rousseur.

Je me penche vers lui, enroulant mes bras autour de son cou, l'embrassant. Il n'a aucune idée à quel point un geste aussi simple m'a apaisée.

— Moi aussi, je murmure.

Son souffle chatouille mon cou alors qu'il parle à voix basse.

— J'attendais de te le dire, mais j'ai fait des réservations pour le spa. Toi et Hazel pourrez passer toute la journée de demain à vous détendre.

Aller dans un spa semble merveilleux.

— Hazel vient avec moi ?

C'est une agréable surprise.

— Oui, Hazel et Mason commencent à s'énerver mutuellement, alors on a pensé que ce serait une bonne idée d'envoyer les filles se détendre quelque part.

— Vous débarrasser de nous ? je plaisante, en riant doucement. Et le travail ?

On est au milieu de la semaine. Je ne peux pas laisser tomber mon travail, même si Jaxson est mon patron.

Il se penche plus près, ses lèvres effleurant mon oreille, et cela me fait frissonner.

Le simple fait d'être près de lui me réchauffe l'intérieur.

— Je suis sûr que tu peux te rattraper d'une autre manière, dit Jaxson.

— Si ça implique des menottes, alors c'est moi qui t'attacherai au lit.

Alors que la pensée aurait été amusante il y a quelques jours, être audacieuse et aventureuse, je ne suis pas prête à baisser ma garde après ce qui s'est passé avec Ben à l'hôtel.

Souriant, il secoue la tête.

— On verra.

Ses mains caressent ma taille alors qu'il me tire plus près.

Je pose mes mains sur son torse, nos corps étant pratiquement collés l'un à l'autre. Bien qu'il ne fasse pas particulièrement frais dehors, la légère fraîcheur du vent était oubliée depuis longtemps, la chaleur de son corps me réchauffant de partout.

— Je veux que tu passes la journée à te détendre, Taches de rousseur. Tu le mérites.

Il dépose un doux baiser sur ma joue, et mes paupières se ferment.

Je bouge légèrement, m'appuyant sur la pointe des pieds pour goûter ses lèvres, voulant être rassurée que quoi qu'il arrive, nous traverserons cette épreuve ensemble.

— J'ai peur, je murmure, les mots étant difficiles à prononcer à voix haute.

J'ouvre les yeux, sentant son regard fixe sur moi.

— Je sais, dit Jaxson. Je ne le laisserai plus jamais te toucher.

Ce n'est pas seulement le fait que Benjamin est toujours là, dehors, attendant de passer à l'action.

Il y a tellement de choses que je n'ai pas dit à Jaxson et quand je le ferai, est-ce qu'il me regardera encore de la même façon ? J'ai eu l'intention de lui dire la nuit dernière, mais je n'ai pas trouvé le courage, trop peur de dire la vérité.

— J'ai besoin de te dire quelque chose.

Mes mains tremblent contre son torse et je m'agrippe à sa chemise, transformant mes mains en poings.

Je me penche vers lui, lui vole un autre baiser, un autre goût, craignant que ce ne soit le dernier.

CHAPITRE DIX-SEPT

LINCOLN

Quelle soupe au lait !

Harper s'est enfuie dès que j'ai eu le dos tourné et que j'ai été distrait.

Elle n'a aucune idée du danger des rapides devant elle, surtout à cette époque de l'année.

Quelques voitures sont garées sur le quai de chargement, mais celle qui me frappe le plus est la même que celle que j'ai vue plus tôt ce matin-là, une Lotus bleue métallique brillante. Ce n'est pas possible qu'il y ait deux de ces véhicules à Breckenridge.

J'expire un grand coup.

Merde.

Où est le type au look italien qui a conduit la voiture ? Il n'est pas dehors.

Il a déjà descendu la rivière ?

Harper va-t-elle le croiser ?

Je me dépêche d'entrer dans la petite boutique, mais il n'y a toujours aucun signe de lui.

— Matinée chargée ? je demande, essayant de faire la conversation tout en cherchant des informations.

— Comme d'habitude, dit l'homme derrière le comptoir.

Il parle lentement, ses mouvements ne sont pas du tout rapides.

Je sors mon portefeuille. Il est trempé, ainsi que mon téléphone. Génial.

— J'aimerais louer un raft pour une personne, s'il vous plaît. Aussi, avez-vous de la corde que je peux acheter ? Je sors ma carte de crédit, ne voulant pas perdre un instant.

Le monsieur derrière le comptoir traverse nonchalamment la pièce pour récupérer la corde.

— Vous avez besoin de 2 mètres ou de 4 mètres ?

— Deux c'est bien.

Je n'ai pas besoin de beaucoup.

Si j'avais eu de la monnaie sur moi, la transaction aurait été beaucoup plus rapide. Dès qu'il a presque terminé et me tend le reçu, je griffonne ma signature et me précipite hors du complexe.

— N'oubliez pas votre casque et votre gilet de sauvetage.

Je ne le laisse pas finir sa phrase. J'ai déjà entendu tout ça et je sais que ces articles sont stockés à l'extérieur.

Ce n'est pas mon premier tour de raft et j'espère que ce ne sera pas mon dernier. Je me précipite vers le préposé et lui montre mon reçu.

Pendant qu'il s'occupe du raft, je me procure un casque, le gilet de sauvetage et je prends un double pour Harper. Elle les portera avant d'atteindre les rapides.

Je ne pense peut-être pas en avoir besoin, connaissant bien la rivière, mais je veux qu'elle les porte. Si je ne fais pas ce que je lui demandais de faire, elle ne m'écoutera jamais.

Je dépose la corde, le casque et le gilet de sauvetage dans le raft et lance l'embarcation dans la rivière.

L'eau fraîche est agréable sur mes pieds, et je monte à bord, me mettant en place avant de commencer à pagayer rapidement.

J'ai besoin de rattraper Harper.

Je me hâte de descendre le courant. Au moins, je vais dans la même direction que le courant.

La rivière bifurque vers l'avant, et je dois la rejoindre avant qu'elle ne dévie dans la mauvaise direction.

La rivière finit par se rassembler, mais les rapides sont plus violentes sur la droite. Pour un novice, il est préférable de prendre le côté gauche.

Dois-je m'inquiéter de l'homme mystérieux que j'ai aperçu plus tôt ce matin-là ?

Est-il parti pour une aventure aquatique sur la rivière ou a-t-il quelque chose d'autre en tête ?

Sait-il où était Harper ou ce qu'elle était en train de faire ?

J'ai été capable de la suivre avec l'aide de Mason. Cela n'a pas été difficile de localiser son téléphone portable avec la tour la plus proche, puis de déterminer sa position.

Est-ce que l'homme italien a pu faire la même chose ?

Que veut-il à Harper ?

Il n'a pas l'air d'être le genre de type à pratiquer des sports nautiques ou à se balader près d'une rivière.

Je pagaye vite et fort.

Au loin, je jette un coup d'œil à son raft. La bifurcation est juste devant, et elle se dirige vers la droite.

Merde.

— Harper ! je crie, espérant qu'elle écoutera mon conseil.

Ses longs cheveux blonds flottent quand elle me regarde par-dessus son épaule.

Je pagaye plus fort et plus vite, réduisant l'écart entre nous. Je pense sincèrement qu'elle va essayer de me distancer. Au lieu de cela, elle pose sa pagaie sur le raft et attend que je m'approche.

Mon cœur s'emballe alors que je la rattrape, et lorsque j'arrive à côté de son radeau, j'attrape la corde et attache nos radeaux ensemble aux poignées.

Un faible sourire se dessine sur ses lèvres.

— Je ne pensais pas que tu me suivrais après que je t'ai planté deux fois, dit Harper.

— Je suis persistant.

Harper rit et secoue la tête.

— Tu es pas croyable.

En souriant, je fais un nœud, gardant nos radeaux ensemble. Je lui tends un casque.

— Mets-le.

— Et si je ne le fais pas ?

— Je ne te laisserai pas descendre les rapides les plus difficiles. (Les rafts approchent déjà de l'entrée droite de la fourche, et cela prendrait trop de temps d'atteindre le côté opposé.) S'il te plaît.

Elle soupire et prend le casque de mes mains, le fixant sur sa tête et l'attachant sous son menton.

Je tends la main derrière moi pour prendre le gilet de sauvetage.

— Ça aussi, s'il te plaît.

Au moins, je n'ai pas à la forcer à le porter. Je ne pense pas que ça se passerait très bien.

Elle m'aurait probablement jeté à l'eau.

— Bien. Je ne peux pas me permettre de mourir ici. Trop de paperasse pour toi, non ?

J'avale la boule dans ma gorge.

Sait-elle que j'ai été engagé comme son garde du corps ?

Sait-elle que le travail va au-delà de la simple sécurité sur le plateau ?

Si elle ne l'a pas encore compris, je ne peux pas risquer qu'elle découvre la vérité.

Elle est déjà énervée, mais elle me détestera.

— C'était une blague. Détends-toi, dit Harper. (Elle attache le gilet de sauvetage et attrape sa pagaie.) Tu vas nous détacher maintenant ?

Un énorme sourire illumine mon visage. Il n'y a aucune chance que je détache nos rafts avant d'être sûr qu'elle en a fini pour la journée. Il faut qu'elle soit hors du raft et sur la terre ferme.

— Tu aimerais ça, n'est-ce pas ?

Ses doigts effleurent le nœud que j'ai fait. Elle l'étudie pendant un long moment avant d'abandonner.

Je ne sais pas si elle pense qu'elle ne pourrait pas le défaire ou si elle s'en fiche complètement.

Peut-être que ça ne la dérange pas d'être coincée avec moi ?

J'ai toute la journée pour la convaincre qu'elle n'est pas qu'une simple mission.

Le radeau prend de la vitesse alors que le courant s'accélère à mesure que nous approchons des rapides.

Nous avons discuté et ri, et j'en ai presque oublié que nous nous rapprochions des eaux agitées.

CHAPITRE DIX-HUIT

JAXSON

Peu importe ce qu'Ariella veut me dire, ça ne doit pas être si important. Je sais qu'elle est anciennement de la C.I.A., et que même son mari de l'époque n'était pas au courant de son travail.

Elle m'a dit une fois que s'il n'est peut-être pas coupable des crimes financiers dont il a été reconnu coupable, il n'est certainement pas innocent non plus.

Je n'ai pas compris ce qu'elle voulait dire jusqu'à ce qu'elle soit droguée, traînée par le monstre dans son van et retenue captive. Heureusement, nous l'avons trouvée avant qu'il ne puisse lui faire plus de mal, mais elle est différente.

Chaque fois que j'essaye de la toucher, de l'embrasser, de lui montrer que je suis là pour elle, je la sens hésiter.

Peut-être qu'elle ne réalise même pas qu'elle le fait, mais je le remarque tout de même.

— Et si nous avions cette conversation dans un endroit un peu plus privé ? je suggère. Tu veux faire un tour ?

Si elle est prête à me parler de Ben, son ex-mari, alors je suis prêt à l'écouter.

Quant à savoir si je suis capable de rester calme, c'est un autre obstacle que je dois affronter.

Sa main se glisse dans la mienne tandis que nous marchons l'un à côté de l'autre, nous éloignant du plateau vers la lisière de la forêt au loin.

— Je– Je ne veux pas que tu me détestes quand tu sauras la vérité.

Je ne pourrais jamais la détester. Je pourrais être déçu, mais détester est un mot bien fort.

— Laisse-moi deviner. Tu as épousé Benjamin parce que la C.I.A. te l'a conseillé ?

Je ne suis pas sûr que c'est ce qu'elle a l'intention de me dire, mais c'est une hypothèse.

A quel point suis-je à côté de la plaque ?

— Pas tout à fait, dit Ariella.

Sa main lâche la mienne et elle croise ses bras sur sa poitrine.

Je reste près d'elle, nos corps se touchant presque au niveau des hanches alors que nous marchons l'un à côté de l'autre.

J'attends qu'elle élabore, qu'elle me dise ce qui l'a tellement nouée que même Ben n'ait réussi à l'atteindre.

— Mon ex-mari, Ben, répète-t-elle, Je ne l'ai pas rencontré par hasard ou par accident.

— Tu le surveillais, dis-je.

Ses sourcils se froncent.

— Ce n'est pas comme si j'étais un agent de terrain et que j'étais censée être sous couverture. J'étais sorti boire un verre avec mon équipe de la C.I.A., et alors que nous enquêtions sur Benjamin Ryan au bureau, nous l'avons croisé au bar. Il n'arrêtait pas de me fixer et a fini par s'approcher et m'inviter à danser. C'était évident qu'il m'aimait bien et voulait apprendre à me connaître.

— Audacieux.

Je ne devrais pas être surpris par son geste, vu ce qu'il a fait hier.

— Ouais, j'étais hésitante, mais en refusant, j'avais plus peur de ce que ça pouvait signifier pour l'enquête. Donc, j'ai dansé avec lui, pris un verre, et ensuite il m'a donné son numéro. Il m'a dit que je devais faire le prochain pas.

Ça me surprend. Je ne pense pas qu'elle aurait été du genre à se jeter volontairement dans un immeuble en feu.

— Je sais ce que tu penses, je me suis fait ça à moi-même, mais mon patron a insisté pour que j'appelle Ben.

Mes mains se serrent en poings. Je tuerais son patron, quel qu'il soit, si je le croisais.

— Je n'ai jamais pensé ça, Taches de rousseur.

Ce n'est en aucun cas sa faute. Même si elle a fait un mauvais choix en sortant avec lui, clairement, il y a quelque chose qui vaut la peine d'être cherché.

Elle l'a épousé. Ce n'est pas seulement à cause de son patron. Elle a dû l'aimer à un moment donné.

Ariella se remet à marcher, cette fois en longeant la lisière de la forêt, alors que nous arrivons au bout du champ ouvert.

— Ben avait été un gentleman, et l'enquête n'avait rien donné, alors quand il m'a demandé de ressortir avec lui, une partie de moi voulait le revoir.

— Mais ?

Je soupçonne furtivement que quelqu'un, à savoir son patron, l'a poussée vers Ben.

— Mais mon patron a insisté sur le fait que si Benjamin Ryan n'était pas impliqué dans le réseau de trafic d'êtres humains, alors ce devait être un de ses collègues ou de ses amis, et ils faisaient passer des femmes par l'immeuble où il vivait.

Mon estomac se serre à l'idée du danger qui se cache.

— Ça aurait très bien pu être un voisin ? Est-ce que Ben avait un appartement ou un condo quelque part à New York ? je demande.

— C'est ce que je pensais, il vivait dans un appartement, mais ses relevés téléphoniques indiquaient son implication. Il se trouvait que son frère, Richard, vivait avec lui. Il avait fait des allers-retours en prison et avait invité des amis quand je suis allée chez lui après quelques mois de fréquentation.

— Que s'est-il passé ?

De toute évidence, elle est encore en vie, relativement indemne. Elle a même épousé le type.

Ariella hausse les épaules.

— Rien.

Elle arrête de marcher et se retourne vers le plateau de tournage.

Les caravanes au loin semblent toutes petites, et il est trop difficile de voir si tout le monde est parti pour la journée ou s'il reste des traînards. La plupart des gens sont partis quand nous avons commencé notre promenade.

— Tu n'en as jamais parlé à ton chef ? je demande.

Je trouve cela difficile à croire. Elle ne semble pas être du genre à trahir la C.I.A. pour un homme.

— Je l'ai signalé, et son frère a été arrêté, mais comme Ben ne semblait pas être impliqué et qu'à l'époque il me plaisait bêtement, on a continué à sortir ensemble. Honnêtement, une petite partie de moi était soulagée que ce soit son frère, et que la C.I.A. avait traqué le mauvais gars. Après la descente de police, Benjamin a déménagé, et tout ça est resté derrière. Son frère, les histoires, l'enquête, c'était du passé. Pour autant que je sache, Ben et Richard ne se sont jamais reparlés, et je n'ai jamais dit à Ben que j'étais la raison pour laquelle son frère était retourné en prison.

Je prends sa main dans la mienne.

— C'était probablement pour le mieux. Ça ne se serait pas bien passé et ça aurait pu mettre ta vie encore plus en danger.

— Oui, alors à la place, je l'ai épousé. Quelle idée, raille-t-elle.

— On fait tous des erreurs. On a droit à une vraiment mauvaise, je la taquine.

Elle serre ma main.

— Merci. Ben n'avait pas compris que j'étais avec la C.I.A. jusqu'à ce qu'il soit en prison. Quelqu'un lui a dit. Je ne sais pas si c'était Richard ou quelqu'un d'autre. C'est pour ça qu'il est venu ici, et il m'en veut pour tout ça.

Je l'attire dans mes bras, l'embrassant.

— Rien de tout ça n'est de ta faute.

Le sait-elle ?

— On trouvera Ben, et jusqu'à ce qu'il soit localisé, tu auras un membre de l'équipe de Tactique de l'Aigle pour te protéger.

— Tu me donnes un garde du corps ? Ariella sourit, riant doucement. J'aurais dû m'y attendre de ta part, mais je ne l'ai pas vu venir.

— Eh bien, tu aurais dû, dis-je.

Pour la majeure partie, j'ai prévu d'être son garde du corps et son protecteur, mais si je ne peux pas être là, alors ce sera l'un des autres gars avec qui je travaille, des hommes qui ont mon entière confiance.

— Ça veut dire que tu vas participer à notre journée femme demain au spa ? Ses mains glissent dans mon dos, sous ma chemise, ses doigts caressant ma peau.

Je veux être celui qui lui ferait un massage. Peut-être qu'on pourra faire ça ce soir. Juste tous les deux ?

— Et si je te donnais un petit aperçu de ta journée au spa à la maison ?

Elle recule légèrement, ses bras toujours enroulés autour de ma taille tandis qu'elle me regarde fixement.

— Hmmm, dit-elle, en y réfléchissant. Est-ce que ce massage mènera à autre chose d'encore plus agréable, parce que même si je suis fatiguée, je pourrais être d'accord avec cet arrangement.

Me penchant, je dépose des baisers tendres et légers sur son cou.

— Je ne voudrais pas t'empêcher de dormir.

— Oh, ça en vaudrait la peine, dit Ariella.

Une main reste appuyée sur le bas de mon dos, l'autre se glisse dans mes cheveux.

Son contact est merveilleux, relaxant, hypnotique. Je la tire plus près, en grognant dans son oreille.

— On devrait peut-être te ramener à la maison, te déshabiller et te préparer pour ta journée spa de demain.

J'ai d'autres plans en tête qui impliquent un massage complet du corps et l'écoute de ses gémissements doux et de ses halètements quand elle en redemandera.

CHAPITRE DIX-NEUF

ARIELLA

Le studio est furieux que Harper soit partie pour la journée et que le tournage ait été interrompu, mais nous ne pouvons rien y faire.

Je rentre à la maison, et Jaxson reste derrière moi tout le temps.

Il a prévu de récupérer Izzie avant le dîner mais la laisse passer un peu plus de temps avec ses amies.

Il a raison. C'est bien pour Izzie d'avoir d'autres personnes de son âge avec qui jouer. Elle n'a pas de frères et sœurs, et je ne suis pas sûre de pouvoir concevoir un enfant à nouveau. J'ai perdu mon fils, et même aujourd'hui, cela me hante encore.

J'ai surmonté mon chagrin, mais voir Ben m'a fait ressentir toutes ces émotions et plus encore, avec des souvenirs refaisant surface.

Il n'a pas toujours été le méchant. A une époque, je l'ai aimé, mais c'était il y a une éternité.

Enfin à la maison, je m'enfonce dans le matelas, la tête contre l'oreiller, les yeux fermés, nue.

La chaleur et le poids de Jaxson se blottissent contre mes hanches, m'enfonçant encore plus dans les draps.

Il étale de la lotion sur ses mains, frottant ses paumes l'une contre l'autre pour les réchauffer avant de caresser mes épaules et mon dos.

Un léger soupir s'échappe de mes lèvres.

Les mains de Jaxson sont fortes et fermes, et ses mouvements me bercent plus vers le sommeil qu'autre chose.

Je m'attends à ce qu'il profite du fait que nous sommes seuls tous les deux pour me séduire, mais il me surprend. Ses mains massent mon dos dans un mouvement doux et apaisant.

Mon corps dérive encore plus vers le sommeil, détendu et sans aucune pensée ou préoccupation au monde.

Son toucher a un effet guérisseur.

Jaxson soulève ses hanches des miennes, et je gémis en signe de protestation.

— Tu veux que je continue ? me demande-t-il.

Son souffle est doux et chaud alors qu'il se penche plus près, déposant un baiser sur mon cou.

— Oui.

Il me faut toute ma force mesurable pour lui répondre.

Ses lèvres sont chaudes et douces contre ma peau.

— Dors, Taches de rousseur.

J'ouvre la bouche pour protester, mais il me faut trop d'énergie pour répondre.

Ses mains continuent à masser ma peau nue tandis que je m'endors.

———

Je me suis endormie pendant le plus incroyable massage de ma vie. Jaxson a exercé sa magie, et ce n'était pas du tout sexuel comme je m'y attendais.

Après le dîner, nous nous réfugions sur le canapé et regardons un film ensemble une fois qu'Izzie est au lit. Skylar rentre en titubant bien après minuit, mais aucun de nous ne lui dit quoi que ce soit. Elle est adulte, mais il est clair qu'elle est sortie faire la fête.

Jaxson me donne un jour de congé, et Hazel est censée passer à la maison le matin. Nous avons prévu de prendre le petit déjeuner ensemble, puis d'aller au spa.

J'ai besoin d'une journée loin du monde, une chance de me détendre et de ne pas penser à ce qui est arrivé avec Ben.

Le massage de la nuit dernière m'a bercée dans un sommeil paisible, sans cauchemars.

Quand je suis éveillée, je regarde constamment par-dessus mon épaule, attendant que Ben réapparaisse.

Qu'est-ce que je ne donnerais pas pour me sentir calme et en sécurité.

Jaxson a raison.

J'ai besoin d'en parler à quelqu'un et peut-être qu'un psychologue pourrait m'aider ? Alors que je soupire fortement, un bruit sourd retentit à l'extérieur.

Mon cœur fait un bond et je sursaute. Je me précipite vers la fenêtre et jette un coup d'œil dehors. Je pense voir une voiture et j'ai espéré qu'Hazel est simplement en avance.

Il n'y a personne.

Mes mains tremblent.

Je vérifie deux fois que l'alarme est bien activée.

Ce n'est pas Ben. Il ne sait pas où je vis ni comment me trouver. Même s'il m'a retrouvée à Breckenridge, il ne peut pas savoir que je vis avec Jaxson.

Il ne doit même pas savoir que nous sommes ensemble et il ne l'a pas mentionné pendant ma détention, il y a quelques jours.

Peut-être que vivre avec Jaxson indéfiniment n'est pas une si mauvaise idée. Avec Jaxson, je me sens en sécurité et protégée.

La vérité est que j'ai peur, peur que si je parle à une psy, elle essayera de me convaincre de déménager, qu'une relation avec mon patron est une mauvaise idée.

CHAPITRE VINGT

HARPER

J'ai besoin d'un café, quelque chose de fort avec une dose de caféine en plus. J'ai passé la nuit dernière dans ce motel miteux, seule. Lincoln et moi avons dîné et bu au bar du coin après avoir fait du rafting.

Il est peut-être sexy, mais il m'a menti.

Lincoln travaille à la sécurité du plateau de tournage avec ses copains.

Peut-être que je n'aurais pas dû être en colère, mais pourquoi ne me l'a-t-il pas dit ?

Savait-il qui je suis quand nous nous sommes rencontrés par hasard au café ?

Je suis de nouveau là, avec un besoin urgent de caféine. En allant travailler, je me suis arrêtée au café local où j'ai rencontré Lincoln pour la première fois.

Quelles sont les chances que je le revoie aujourd'hui ?

Probablement assez bonnes, mais seulement en arrivant sur le plateau. Heureusement, ce matin, il n'est pas là.

Je pousse un soupir de soulagement et me dirige directement vers la caisse pour donner ma commande à la fille derrière le comptoir. Son nom est Skylar.

C'est la même fille qui a massacré mon nom la dernière fois.

Merveilleux.

— Harper ? Une voix inconnue se fait entendre derrière moi dans la file d'attente pour commander.

Après avoir passé ma commande, je glisse ma carte de crédit dans la machine avant de jeter un coup d'œil par-dessus mon épaule.

— Oui ?

Je ne reconnais pas cet homme aux cheveux courts, coupés en brosse et aux lunettes à monture métallique. Il porte un jean bleu et une chemise et semble à peine avoir terminé le lycée.

— Charles Stone, je suis du Hollywood Chronicle.

Il sort de la poche de son jean son cordon avec sa carte de presse.

Intérieurement, je grogne.

— Vous avez une minute ? demande-t-il.

Derrière lui, la porte du magasin s'ouvre et Lincoln entre.

Est-ce que cette journée peut être encore pire ?

— Tu me suis ? je lance à Lincoln avant de reporter mon attention sur le journaliste.

Il n'est pas d'ici.

Le Hollywood Chronicle est un magazine de divertissement basé à Los Angeles, ce qui signifie que Lincoln ne l'aurait pas reconnu.

— Oui, joignez-vous à moi, Charles. Je vais nous trouver une table, dis-je un peu trop fort pour que Lincoln puisse entendre.

Je prends mon café sur le comptoir et me dépêche de m'asseoir.

Charles saute sur l'occasion et prend une chaise.

Un homme intelligent.

Il a probablement peur que je change d'avis.

Je suis aussi pressée par le temps, ce qu'il semble reconnaître. Je m'assoie en face de Charles à la table ronde, une jambe sur l'autre, regardant Lincoln.

Lincoln se renfrogne tandis qu'il commande, jetant de temps en temps un regard dans ma direction.

Est-il jaloux ? Je ne veux pas croiser son regard. Je décale ma chaise, espérant pouvoir l'ignorer. Bientôt, il prendra son café et partira, non ?

Pas de chance.

Il reste debout près du comptoir, attendant sa boisson, me regardant pendant tout ce temps.

— Petit ami ? demande Charles, en jetant un coup d'œil par-dessus son épaule.

— Juste quelqu'un du plateau, dis-je en lui faisant signe de continuer. Que voulez-vous savoir ?

Charles sort son téléphone.

— Ça vous dérange si j'enregistre notre conversation ?

— Allez-y.

Il ouvre une application et enregistre le flux audio.

— Merci.

Il semble jeune, peut-être vif, mais aussi comme si j'étais son premier reportage.

— Vous êtes loin d'Hollywood, dis-je, surprise qu'il me poursuive jusqu'à Breckenridge.

Charles rit doucement.

— Ouais.

Il commence ses questions, m'interrogeant sur le film, si j'appréciais la petite ville et quel serait le rôle de mes rêves.

Je baisse la voix pour m'assurer qu'elle ne se propage pas dans le café. À part Charles et Lincoln, personne d'autre ici ne sait qui je suis. Du moins, personne d'autre ne m'a accordé une attention particulière. C'est agréable de n'être personne. Je ne me souviens pas avoir connu ça auparavant.

— Et une dernière question, dit Charles, cela vous dérange-t-il si nous prenons une ou deux photos dehors ? J'aimerais avoir une photo pour accompagner l'article.

— Et si vous veniez sur le plateau, et que vous faisiez cette photo pendant le déjeuner ?

Je ne veux pas qu'il prenne des photos de moi sans être coiffée et maquillée. Je ne suis pas au mieux de ma forme, et la dernière chose que je veux, c'est d'être interviewée dans un magazine hollywoodien comme si je venais de sortir du lit, ce qui est à peu près ce que j'avais fait.

Je sirote la dernière gorgée de mon café et me lève, marchant et jetant la tasse vide dans la poubelle. Je pousse la porte vitrée et me dirige vers l'extérieur.

Charles me suit, le téléphone à la main.

— C'est juste une photo. On peut toujours la retoucher plus tard, dit Charles.

Il prend son téléphone et commence à prendre des photos, ignorant ma demande.

Je lève ma main devant mon visage.

Connard.

J'ai été naïve de penser qu'il allait vraiment faire ce que je lui ai demandé. C'est probablement l'un des salauds qui ont surveillé mon hôtel la première nuit où j'étais en ville.

— J'ai dit non !

— La dame vous a demandé de la laisser tranquille, répond la voix rauque de Lincoln.

Ses pas lourds résonnent.

Je n'ai pas besoin de lui pour me défendre, mais il est beaucoup plus grand que Charles. Lincoln est un homme à part entière.

— Bien. Charles fourre son téléphone dans sa poche. Je m'en vais. J'ai déjà eu la photo que je voulais de toute façon.

Lincoln grogne contre l'homme et se rapproche.

— Donnez-moi votre téléphone.

— Non.

La lèvre inférieure de Charles se met à trembler.

Lincoln surplombe Charles et l'attrape par les revers de sa chemise.

— Ce n'était pas une question.

———

Je n'ai pas le temps de m'occuper de Charles, ou de Lincoln, d'ailleurs. Déjà, je suis en retard, et après avoir séché la veille, je dois me rendre sur le plateau.

Je me hâte vers ma voiture, les laissant tous deux se chamailler sur le parking. Je ne pense pas que Lincoln va agresser l'idiot du Hollywood Chronicle, mais s'il le fait, je ne compte pas intervenir.

En quittant le parking en vitesse, je tourne à gauche et me dirige vers le plateau.

J'ai le pied sur l'accélérateur, et à un virage, une voiture est arrêtée sur la voie principale.

Je presse mon pied sur le frein, mais c'est trop tard. J'entre dans la petite berline à quatre portes.

Le métal s'écrase sur le métal.

Merde.

CHAPITRE VINGT-ET-UN

ARIELLA

Je me sens comme une adolescente stupide, jetant des coups d'œil à travers les stores de la fenêtre, attendant qu'Hazel se montre.

Nous ne sommes pas meilleures amies, mais je ne connais pas grand monde en ville, et les petites villes ne sont pas idéales pour se faire des amis, surtout en hiver.

Même si l'hiver est heureusement derrière nous, cela ne rend pas plus facile de rencontrer de nouvelles personnes lorsque je passe la plupart de mes journées à travailler et mes soirées avec Jaxson et Izzie. Je ne regrette rien.

Jaxson est déjà parti pour la journée afin de se rendre sur le plateau de tournage du film. Même si je veux qu'il sèche le travail avec nous, quelqu'un doit être la personne responsable.

Une camionnette entre dans l'allée et se gare devant la maison. Mason est au volant.

Hazel en sort et lui fait un signe de la main avant de se diriger vers la porte d'entrée.

Je coupe l'alarme et ouvre la porte avant qu'elle n'ait le temps de frapper.

— Tu es prête ? J'essaye de cacher l'enthousiasme dans ma voix, mais j'échoue lamentablement.

— Oui, mais il m'a fallu toute la matinée pour convaincre Mason de ne pas nous suivre au spa. Il m'a fait promettre de l'appeler à l'arrivée et de le rappeler en partant, dit Hazel.

J'aurais pensé qu'il était surprotecteur si nous n'avions pas été toutes les deux enlevées et emmenées contre notre volonté plusieurs fois récemment.

— Jaxson m'a fait promettre la même chose, en plus il suit mon téléphone.

— Oh, mon dieu ! couine Hazel.

Elle me serre dans ses bras, me disant un vrai bonjour.

Mason fait demi-tour et quitte l'allée pour redescendre la montagne.

— Tu es prête pour une journée entre filles ? Je réarme l'alarme et ferme la porte, la verrouillant derrière moi.

Hazel se dépêche d'aller à ma voiture et m'attend près de la portière côté passager. Il est clair qu'elle est aussi excitée que moi de sortir et de s'amuser.

En quelques minutes, nous sommes en route. Je m'assoie derrière le volant, parlant vivement avec Hazel.

— Tu dois me dire tout ce qui s'est passé dans ta vie.

On s'envoyait des sms de temps en temps, mais il y a tellement de choses à se raconter. Elle a emménagé avec Mason après qu'il a été blessé, et nous n'avons pas passé de temps seules pour discuter de ce que cela a été.

— Ma vie a été entourée par Mason, et c'est tout, dit Hazel. Imagine toi t'occuper de Jaxson 24 heures sur 24 et 7 jours sur 7.

Ça n'a pas l'air si terrible.

— Si amusant.

Elle n'a pas l'air d'avoir aimé ça.

Mason est un beau mec, et même si je ne suis pas exactement partie du bon pied avec lui, il semble que les deux partagent une histoire ensemble.

— Eh bien, jouer à l'infirmière, au début, c'était amusant, surtout quand il m'a fait porter un costume sexy, dit Hazel.

Je la regarde et la surprend en train de rougir en regardant par la fenêtre.

— Et ?

Je quitte le col de la montagne et me dirige vers le spa sur la route principale.

— C'est un peu difficile de faire quoi que ce soit quand il est alité et qu'il n'a pas le droit de faire des activités amusantes. C'était une torture de jouer à l'infirmière, de ne pas pouvoir faire les choses que je voulais lui faire.

En gloussant, je me mords la lèvre inférieure.

— Ce n'est plus le cas, maintenant. N'est-ce pas ?

Cela fait des semaines qu'on lui a tiré dessus, et le médecin l'a autorisé à travailler au bureau.

— Eh bien, on a dû y aller doucement, dit Hazel. Je veux dire, je suis sûre qu'il veut en faire plus, et moi aussi, mais il a besoin de temps pour guérir.

— Je comprends.

— Vraiment ? Je sais que tu penses que toi et Jaxson c'est un secret, mais c'est un secret vraiment évident. Genre tout le monde à Breckenridge le sait sûrement, dit Hazel.

Je serre le volant plus fort.

— S'il te plaît, dis-moi que tu plaisantes.

Hazel me regarde fixement alors que je me concentre sur la route.

— Est-ce que je me trompe ? Tu es sérieusement en train de me dire que vous êtes juste amis tous les deux ?

Un cerf traverse la route d'un bond, et je freine brusquement pour ne pas percuter la créature.

La ceinture de sécurité se bloque en place à cause de l'arrêt brutal.

Quelques secondes plus tard, nous sommes projetées en avant, du métal s'écrasant contre nous, alors que quelqu'un nous rentre dedans.

Mon cœur martèle dans ma poitrine.

— Tu vas bien ? je demande.

— Ouais.

Je regarde dans le rétroviseur.

— Harper ? je chuchote, en déverrouillant la porte.

Je détache ma ceinture de sécurité et sors, surprise de voir que c'est elle qui a embouti ma voiture.

Hazel sort également du côté passager.

— Tu vas bien ? demande Hazel.

— Ouais, je vais bien. Juste un peu secouée, mais soulagée que ce ne soit que Harper.

Ma première peur a été que Ben m'avait retrouvé.

Est-ce irrationnel ? Il est là dehors, quelque part.

Dois-je toujours regarder par-dessus mon épaule ?

Il n'y a pas de reçus récents d'hôtel ou d'autres cartes de crédit pour déterminer où il est allé, pas de téléphone portable que nous aurons trouvé et pu suivre.

— Je suis vraiment désolée, s'excuse Harper. Je n'ai pas vu votre voiture arrêtée dans le virage.

Un pick-up ralenti en s'approchant.

— Sérieusement ? murmure Hazel tout bas.

Est-ce qu'elle râle par rapport à Harper qui nous a percuté ou au conducteur qui est en train d'approcher ?

CHAPITRE VINGT-DEUX

HARPER

— Je suis désolée, je m'excuse encore. Je ne vous avais pas vu arrêtés. On peut simplement échanger nos assurances et repartir.

Je me rapproche, pour mieux voir les deux jeunes femmes que j'ai embouties.

— Vous êtes la fille du plateau. Celle qui a été enlevée.

Je n'oublierai jamais ce moment.

Il est à jamais gravé dans mon esprit.

La brune pousse un gros soupir.

— Je devrais probablement vous remercier d'avoir essayé d'arrêter Ben.

Je n'ai pas réussi, mais au moins elle était en vie.

— Je suis contente que vous alliez bien, dis-je.

Elle va bien, n'est-ce pas ?

Elle a un bandage sur la joue, mais sinon elle a l'air bien.

Une camionnette ralentit et s'arrête derrière nous.

Les deux filles n'ont pas l'air perturbées, juste en colère. Parce que j'ai percuté leur voiture ? C'est un accident.

— Encore une fois, je suis désolée. Je vais payer pour les dégâts.

— Tout le monde va bien ? demande une voix bourrue, sa fenêtre baissée.

— On va bien, Mason, dit Ariella. Je n'arrive pas à croire que tu nous suis !

Je cherche mon téléphone dans ma poche.

Dois-je appeler à l'aide ? Lincoln viendra-t-il si je l'appelle ?

— Et si je vous déposais, Hazel, Ariella et vous ? Je peux déposer les filles au spa et vous conduire là où vous devez aller, dit Mason. Garez votre voiture sur le côté de la route, et j'appellerai le magasin de Declan pour faire remorquer et réparer les voitures.

La mienne est une location.

— Ce n'est pas nécessaire.

Je ne connais pas ce type. Les deux filles si, mais je ne compte pas monter dans son camion.

— Ok, grogne Ariella.

Elle déplace sa voiture et jette à Mason ses clés de voiture. L'arrière de son véhicule a été déformée par l'impact et a subi l'essentiel des dommages par rapport à ma voiture de location.

— Vous êtes sûre que c'est sûr ? je demande, en murmurant ma question à Ariella.

Elle fait partie de l'équipe de sécurité du plateau. Si elle lui fait confiance pour l'accompagner, alors tout va bien.

Pas vrai ?

— C'est mon petit ami, dit Hazel. Il vous conduira où vous voulez en ville.

— Vous devriez venir avec nous au spa, dit Ariella.

Mon dieu, ça sonne parfaitement bien. Cependant, j'ai un film à tourner. Je ne peux pas me défiler deux jours de suite, même si j'ai eu un accident de voiture. Le fait que l'accident est de ma faute n'aide pas.

— Je ne peux pas, dis-je.

— Et si vous passiez après le tournage ? demande Ariella. On fait une soirée entre filles ce soir.

— Avec du vin ! ajoute Hazel.

Il est clair qu'elle est excitée et a probablement besoin d'une pause de ce qu'elle fait pour vivre.

Bon sang, j'en ai besoin aussi.

— Vous devriez venir, dit Hazel.

Ça a l'air génial.

— Juste les filles ?

Ça me manquera de passer la soirée avec Lincoln, mais ce n'est qu'une amourette.

N'est-ce pas ?

En plus, il a menti sur le fait de travailler à la sécurité sur le plateau. Un peu de temps séparé n'est pas une mauvaise idée.

Dans quelques jours, j'aurai terminé le tournage et je serai de retour à Los Angeles.

— Oui, dit Ariella. Je vous enverrai les détails par sms si vous voulez bien me donner votre numéro de téléphone.

———

Je n'ai pas voulu admettre la jalousie qui coule dans mes veines lorsque Mason me dépose sur le plateau.

Le directeur n'a pas l'air ravi que je sois en retard, encore une fois. Il se précipite vers moi, et avant qu'il ne puisse me reprocher d'être irresponsable ou de ne pas me soucier du rôle, je lui présente mes excuses.

— Je suis désolée, dis-je, m'excusant rapidement en allant au maquillage.

Je ne m'arrête pas pour faire la conversation ou même offrir une excuse.

— Où est passé ton foutu garde du corps ? s'emporte le directeur en marchant derrière moi.

J'avale la boule dans ma gorge.

— Garde du corps ? je répète.

Ma voix est rauque. Il m'a prise au dépourvu.

— J'ai un garde du corps ?

Est-ce pour cela que Lincoln a insisté pour sauter dans cette maudite rivière pour faire du rafting avec moi ? Même après l'avoir planté sur le quai, il a loué un raft et m'a rattrapé.

J'ai été dupée en pensant qu'il voulait passer du temps avec moi.

Que je compte pour lui !

Mes larmes menacent ma vue.

Le directeur se moque dans son souffle.

— Bien sûr, tu as quelqu'un qui surveille tes moindres gestes. Crois-tu honnêtement que le studio te faisait confiance après le dernier incident quand tu travaillais pour moi ?

Le soleil tape, et l'air est chaud, étouffant.

— Tu ne sais rien de moi.

Je me précipite dans la caravane de maquillage et claque la porte derrière moi, la verrouillant.

La jeune femme, Melissa, est assise sur le lit. Elle est occupée par son téléphone quand je franchis la porte.

— Désolée, je suis en retard. J'ai embouti une voiture en venant ce matin.

Ses yeux s'élargissent, et elle se lève.

— Vous allez bien ? Ses yeux me parcourent.

N'ai-je pas l'air bien ?

— Bien, juste un peu à l'ouest aujourd'hui.

C'est difficile de ne pas être perturbée, en plus de la dispute avec le directeur sans tenir compte de ce que j'ai entendu sur Lincoln.

C'est mon garde du corps, n'est-ce pas ?

Je l'ai vu sur le plateau et en dehors. Presque toutes les nuits, il est avec moi depuis le moment où je suis arrivé en ville.

Était-ce prévu ?

Mon instinct me dit de fuir, mais sans voiture, je n'ai aucun moyen de partir. Je m'affale sur la chaise en face du miroir, une grimace gravée sur mon visage alors que Melissa se tient debout derrière moi.

— Je peux emprunter votre voiture ?

CHAPITRE VINGT-TROIS

LINCOLN

J'ai arraché le téléphone de ce salaud et l'ai brisé en mille petits morceaux sur le sol avant de quitter le café.

Comment ose-t-il prendre des photos d'Harper alors qu'elle lui a explicitement demandé de ne pas le faire et l'a même invité sur le plateau.

Quel malade !

Ce connard m'a fait perdre Harper de vue. Je suis censé garder un œil sur elle, même à distance, mais j'ai négligé de le faire. Arriver au café quelques instants après elle n'était pas une coïncidence.

Mon téléphone a été réglé avec une alarme pour m'avertir quand elle se déplace.

Je me hâte de rejoindre le plateau, en ralentissant le camion, quand je remarque que sa voiture et celle d'Ariella sont toutes deux accidentées sur le bord de la route.

Je frappe le volant avec ma main.

— Merde.

Où est-elle maintenant ?

En utilisant le kit mains libres de mon véhicule, je téléphone à Jaxson.

— Tout va bien ? Où es-tu ? demande Jaxson.

— En retard. Harper semble être suivie par les problèmes. J'ai dû m'occuper d'un journaliste, et je suis presque sur le plateau, mais j'ai remarqué deux voitures sur le bord de la route, et l'une d'elles était celle d'Harper, dis-je.

Je ne développe pas davantage, ne voulant pas inquiéter Jaxson.

Ariella l'a-t-elle appelé ?

Où les filles sont-elles allées ? Est-ce qu'un étranger les a embarquées ?

— Harper est arrivée il y a quelques minutes. Le directeur semble assez énervé. Je te préviens. Il a laissé entendre que le studio avait engagé un garde du corps pour elle.

Pourquoi diable le directeur a-t-il fait ça ? C'était pour me rendre la vie impossible ?

— Merveilleux, je marmonne en soufflant.

Il y a peu de chances qu'Harper me laisse passer la soirée avec elle et garder un œil sur elle.

Je ne suis pas inquiet qu'elle soit seule à l'hôtel. Je m'inquiète des ennuis qu'elle peut avoir quand elle est seule.

Elle n'a jamais été qu'une simple mission. Je veux sincèrement passer du temps avec elle.

La rumeur s'est répandue qu'une starlette d'Hollywood et une équipe de tournage sont dans la vallée. La dernière chose dont j'ai besoin est qu'Harper soit harcelée par la presse.

— Ariella m'a appelé sur le chemin du spa. Elle a invité Harper pour une soirée entre filles ce soir.

Intéressant. Depuis quand Harper est-elle amie avec Ariella ? Je ne les ai pas vues ensemble, à part pour les deux voitures abandonnées sur le bord de la route.

— Est-ce qu'Ariella a dit quelque chose à propos de sa voiture ?

— Ouais, Harper l'a percutée quand les filles se sont arrêtées pour éviter de percuter un cerf qui traversait la route, dit Jaxson.

Il ne semble pas en colère contre Harper à propos de l'accident.

— Tout le monde va bien ?

Je me gare sur le parking du plateau et coupe le moteur du camion. J'attrape mon téléphone alors que le son passe des haut-parleurs à mon portable.

— Juste un peu secouée. Ariella et Hazel sont allées au spa comme prévu. Mason les a toutes emmenées.

En sortant du camion, je pousse un soupir de soulagement. Au moins, ce n'est pas Ben qui a enlevé les filles ou les a forcées à aller avec lui. La plupart des habitants de la ville sont amicaux et auraient volontiers proposé de les emmener, mais il y a quelques personnes qui ont déjà vécu en marge de la société et qui m'auraient inquiété.

La majorité de ces gens sont morts il y a quelques mois dans une embuscade. Il y a quelques personnes qui ont mystérieusement survécu. C'est pour ces gars-là que je m'inquiète, ceux qui s'en sont sortis indemnes.

Je mets mon badge autour de mon cou. Le cordon se balance tandis que je me dirige vers le plateau à une allure accélérée. Même si je n'ai pas l'intention d'être en retard, ce n'est pas bien vu.

Voyant Jaxson, nous mettons fin à l'appel, et je mets mon téléphone dans ma poche. Je garde un œil sur la caravane d'Harper. Je ne pense pas qu'elle soit à l'intérieur. Elle est probablement à la coiffure et au maquillage ou à la garde-robe en train de se préparer.

De l'autre côté de la pelouse, à quelques pas de là, le directeur a son téléphone collé à l'oreille et tape sur l'une des caravanes.

— Tu peux dire adieu à ta carrière ! crie le directeur.

La porte de la caravane s'ouvre, et Harper descend les marches en tapant du pied.

Jaxson et moi échangeons un regard. Nous avons été engagés pour protéger Harper et empêcher les curieux de pénétrer sur le plateau. Mais elle ne semble pas avoir besoin qu'on s'occupe d'elle pour le moment.

Elle peut prendre soin d'elle-même.

— Vraiment ? (Elle renifle et se précipite vers lui. Bien qu'elle soit plus petite, elle ne semble pas du tout intimidée par lui.) Peut-être que je devrais appeler ta femme, lui dire comment tu m'as forcé à prendre des photos nues pour que j'obtienne mon premier rôle principal et comment tu les as ensuite transmises aux tabloïds.

Le visage du réalisateur devient rouge vif.

— Tu voulais prendre ces photos.

— Bien sûr que non ! crie Harper.

Elle ne semble pas se soucier de qui peut l'entendre ou de ce qui est dit.

J'attends que de la vapeur sorte des oreilles du directeur.

— Quand le studio te virera, ne viens pas me demander d'aider ta carrière.

Il part en trombe et jette son presse-papiers dans l'herbe comme un enfant en pleine crise de colère.

Les mains d'Harper se serrent en poings.

Elle tourne sur ses talons et pose son regard sur moi.

Merde.

CHAPITRE VINGT-QUATRE

HARPER

Le directeur est un connard de première catégorie.

J'ai eu affaire à lui une fois de trop, et aujourd'hui, je ne suis pas d'humeur à me taire et à marcher sur des œufs.

Quelqu'un d'autre peut le faire pour lui.

Je me fiche de me faire virer du film. C'est un rôle minable pour un film qui va probablement faire un bide de toute façon.

Lincoln me regarde de l'autre côté du plateau.

A-t-il vu la scène entre le réalisateur et moi ?

Super.

Je passe une main dans mes cheveux, me fichant éperdument de la production. Le directeur est parti et je ne suis pas d'humeur à afficher un visage joyeux et à faire semblant d'être quelqu'un que je ne suis pas.

Certains jours, je peux jouer ce rôle, mais après l'accident de ce matin, mon monde est sens dessus dessous.

Ça n'a pas aidé d'apprendre que Lincoln a été engagé par le studio comme mon garde du corps personnel.

Il n'hésite pas le moins du monde. Lincoln s'approche de moi, réduisant la distance entre nous.

Qu'a-t-il entendu du directeur ? Je me pince l'arête du nez. S'il est là pour me donner une leçon de professionnalisme ou une autre connerie, je ne suis pas d'humeur.

— Est-ce que ça va ? demande Lincoln, sa voix douce et calme, mais ferme.

— Non.

Rien ne va plus.

Mon monde est complètement hors de contrôle et si j'ai été imprudente et stupide hier, en m'enfuyant du plateau pendant le tournage, aujourd'hui est un tout autre jour. J'ai juré de prendre mon travail au sérieux et de respecter le temps des acteurs et de l'équipe.

Cela n'a pas servi à grand-chose.

La vérité est que je voulais fuir, mais je n'ai pas de voiture. Elle est sur le bord de la route. J'aurais peut-être dû la conduire sur le plateau. Au moins, j'aurais eu un véhicule pour me déplacer. Cependant, je ne suis pas sûre qu'elle soit sûre à conduire. L'avant de la voiture est assez endommagé.

Les autres acteurs et l'équipe commencent à remballer pour la journée. Le directeur étant parti, cela signifiait un autre jour sans tournage.

— Tu veux que je t'emmène quelque part ? demande Lincoln.

Un autre agent de sécurité se rapproche de nous deux.

— Tout va bien ? demande-t-il.

Je jette un coup d'œil à son badge : Jaxson.

— Vous êtes le mari d'Ariella, c'est ça ?

Il a l'air déstabilisé par la question.

— Je ne suis pas son mari. Nous sommes juste des amis. Des collègues.

— Oh, toutes mes excuses.

J'ai pensé qu'ils étaient ensemble lorsqu'elle l'a appelé alors qu'elle était dans le camion de Mason et qu'elle a mentionné qu'il ne serait pas à la maison ce soir pendant la soirée entre filles.

J'ai fait erreur visiblement.

— J'ai mal compris. Est-ce que vous pouvez me déposer au spa où sont les filles ? J'aurai bien besoin d'un jour pour moi.

Je ne veux pas que Lincoln me conduise où que ce soit et Melissa n'a pas voulu se séparer des clés de sa voiture. Non pas que je lui en veuille, je ne me serais pas donné les clés non plus après avoir abimé ma voiture de location.

Jaxson jette un coup d'œil à Lincoln avant de hocher la tête.

— Oui, bien sûr. Suivez-moi.

— Merci.

Je laisse Lincoln planté là et me dirige rapidement vers le parking avec Jaxson.

Ce n'est pas que je ne fais pas confiance à Lincoln, au contraire, mais je bouillonne intérieurement à cause de ce qu'il a fait.

Il m'a menti. Il a eu beaucoup d'occasions hier pendant qu'on faisait du rafting, ou même la veille, de me dire la vérité.

Non, à la place, il a gardé son sale petit secret.

— Tout va bien ? demande Jaxson.

Il déverrouille son camion, et je fais le tour vers le côté passager tandis qu'il grimpe derrière le volant.

— Super.

Il rit doucement.

— Mon Dieu, on dirait ma fille.

— Vous avez un enfant ?

Ariella est-elle la mère ? Ce serait logique, une raison pour laquelle ils vivent ensemble.

Il sourit, les lèvres serrées, sans répondre à ma question. Il a l'air de protéger sa fille. Ce n'est pas un si mauvais trait de caractère.

En soupirant, je jette un coup d'œil au studio quand Jaxson sort du parking. Il n'y a aucun signe de Lincoln.

— Hey, je peux vous demander quelque chose ?

— Allez-y, dit Jaxson.

Était-ce une coïncidence que Lincoln m'a trouvée au café plus tôt ce matin-là ?

— Si vous deviez trouver quelqu'un et le traquer, comment vous y prendriez-vous ?

Jaxson baisse le son de la radio et remue dans le siège conducteur.

Il me jette un coup d'œil, le sourcil levé. Il ne répond pas à ma question.

— Hypothétiquement ?

Le silence envahit le camion.

— Si vous vous demandez comment Lincoln a su que vous étiez à la rivière, nous avons localisé votre téléphone portable.

Je n'avais même pas pensé à jeter mon téléphone.

Je ne referai pas la même erreur.

———————

Je rentre dans le spa et fais une réservation pour un massage. J'ai vingt minutes avant mon rendez-vous.

Jetant un coup d'œil à ma montre, je sors mon téléphone de ma poche et le jette dans la poubelle voisine.

— Traque-moi maintenant, je me murmure à moi-même.

Lincoln sait où je suis, mais il ne pourra plus le savoir quand je partirai ni où j'irai ensuite.

Je doute que le tournage puisse continuer. Avec le directeur énervé et menaçant de contacter le studio, je serai virée demain matin.

Je refuse de ramper ou de le supplier de me pardonner. Il est la raison pour laquelle le studio m'a imposé un garde du corps, insistant sur le fait qu'on ne puisse pas me faire confiance. Je n'ai pas besoin de protection. Je ne suis ni sans défense ni une demoiselle en détresse, bon sang !

J'ai fait des erreurs et des choses que je n'aurais pas dû faire, mais à ces rares occasions, j'ai été droguée ou forcée.

Les péchés du passé me suivent comme une ombre à laquelle je ne peux échapper.

— Harper ?

— Ariella ? Hazel se tient à côté d'elle. Je pensais que vous aviez toutes les deux des rendez-vous au spa ? Ils étaient déjà finis ?

— Nos rendez-vous ont été repoussés quand on est arrivées en retard ce matin. Ils ont été très gentils de nous donner un autre rendez-vous. Que faites-vous ici ? demande Ariella. Vous avez décidé de vous joindre à nous pour une journée entre filles ?

J'ai définitivement besoin de me détendre.

— Oui, on peut dire ça.

— Vous voulez que j'essaie de nous trouver un créneau ensemble ? demande Ariella.

— Bien sûr. (Je pourrais profiter de la compagnie et d'un visage amical.) Merci.

Ariella s'empresse d'aller voir la réceptionniste et lui explique que nous sommes toutes les trois amies et lui demande si l'on peut faire quelque chose pour nous mettre toutes ensemble pour nos rendez-vous.

————

Chaque centimètre de mon corps me fait mal.

L'accident de voiture en est la cause, et même si c'était entièrement de ma faute, cela ne rend pas la douleur moins forte.

Quatre-vingt-dix minutes de bonheur pendant lesquelles un mec canon me fait un massage complet du corps ont été un vrai régal.

Même si je suis en colère contre Lincoln, la tension s'est dissipée, et je me sens beaucoup plus détendue.

Après nos massages complets, nous avons toutes eu droit à des soins du visage, puis à des manucures et des pédicures.

Alors que la matinée a commencé de manière catastrophique, au moins l'après-midi est nettement plus agréable. Nous terminons nos soins au spa, et Hazel appelle Mason pour qu'il nous ramène chez Ariella.

Hazel met son téléphone dans sa poche.

— Il en a pour un petit moment. Il est avec Jaxson en train de déjeuner. Ils ont suggéré que l'on aille manger un morceau aussi.

— Y a-t-il un endroit où nous pouvons manger par ici ? je demande.

Je ne connais pas bien la ville.

— Suis-nous. On connaît cette ville comme notre poche, dit Ariella.

Elles me conduisent à un petit café situé à côté. L'endroit semble bondé pour un milieu de semaine. Nous attendons quelques minutes pour être installées et on nous escorte jusqu'à une table.

Les conversations autour de nous s'entrechoquent, le bruit du restaurant augmentant avec les voix des uns et des autres. Alors qu'il est difficile d'entendre Ariella et Hazel, il n'est pas particulièrement difficile d'entendre le monsieur de la table d'à côté, situé derrière moi.

Il semble que le restaurant a ajouté une table et des chaises supplémentaires pour nous accueillir, mais en nous laissant très peu de place pour nous.

— Je t'offre le double de ton prix, dit le monsieur.

Il a un accent italien, et j'essaye de ne pas lui jeter un coup d'œil. J'ai l'impression d'être sur ses genoux.

— Et pourquoi ferais-tu ça, Enzo ? demande une autre voix masculine.

Enzo ? Je reconnais ce nom.

Non.

Ce n'est pas possible. Je retiens mon souffle et refuse de me retourner pour voir si c'est vrai.

Enzo Ricci.

Les filles lisent leurs menus. Je fais semblant de m'intéresser au mien en écoutant la conversation qui se déroule derrière moi. C'est impossible de ne pas entendre le marché qui se fait entre les deux.

Est-ce qu'Ariella et Hazel l'entendent aussi ?

Elles ne semblent pas intéressées. Elles sont peut-être trop loin. Le restaurant est bruyant et plutôt chaotique.

— Je préfère acheter mes concurrents plutôt que d'autres méthodes, dit Enzo.

J'avale la boule dans ma gorge. La voix est plus que familière, je suis certaine qu'il s'agis d'Enzo Ricci, mon mari.

CHAPITRE VINGT-CINQ

ARIELLA

Harper tient son menu en l'air, sans se soucier du fait que j'essaye d'attirer son attention. Le restaurant est bondé et occupé, mais elle semble distraite.

— Je ne pense pas qu'elle t'entende, dit Hazel.

Je pose mon menu, attendant qu'Harper lève les yeux.

Elle ne bouge pas le moins du monde.

Notre table est prise en sandwich dans le café, ce qui donne très peu d'espace pour les coudes, et encore moins pour l'intimité.

Bien que je ne puisse pas comprendre les conversations, je remarque Jayden assis à la table juste derrière Harper.

Je ne l'ai pas rencontré en personne, mais je le connais. Tout le monde à Breckenridge sait maintenant qu'il est l'un des rares survivants.

Comment a-t-il survécu au massacre de la mafia russe qui a fait irruption et massacré tout le monde ?

Je ne reconnais pas l'homme avec qui Jayden se trouve. Je ne me rappelle pas l'avoir déjà vu en ville. L'homme mystérieux porte un costume coûteux et est habillé élégamment, manifestement riche.

Ils se démarquent, avec Jayden dans son jean noir foncé et un t-shirt blanc qui moule son torse. Il est grand, mais pas plus grand que l'homme mystérieux qui est assis en face de lui.

— Harper, dis-je, essayant à nouveau de détourner son attention du menu.

Elle baisse le menu, les yeux écarquillés, remplis d'appréhension.

— Qu'est-ce qu'il y a ? je demande.

A-t-elle oublié son portefeuille ou autre ? Elle a l'air terrifié.

— J'ai besoin de..., Harper se lève et ne termine pas sa phrase.

Elle attrape son sac à main sur sa chaise et sort du restaurant à toute vitesse.

— Les toilettes ? je suppose, en jetant un coup d'œil à Hazel.

Peut-être qu'elle pourrait décrypter ce que j'ai manqué. Où a-t-elle pu aller ?

Hazel sirote son verre d'eau.

— Va voir comment elle va. Je vais attendre ici.

— Merci.

Je me lève et me précipite après Harper, essayant de comprendre ce qui s'est passé.

Qu'est-ce que j'ai manqué ?

Peut-être qu'elle ne se sent pas bien. Je la suis dans les toilettes.

Harper se tient au-dessus du lavabo, les mains de part et d'autre de la porcelaine. Son visage a perdu de sa couleur.

— Qu'est-ce qui se passe ? je demande.

— J'ai entendu sa voix.

— À qui ? je demande, en faisant un pas de plus.

Je pose une main sur son dos. Son corps tremble.

— Enzo, mon mari.

Merde.

Depuis quand est-elle mariée ? Je passe une main dans mes cheveux, surprise par la nouvelle.

— Tu es mariée ? Ma voix grince, me trahissant.

Lincoln serait encore plus choqué que moi, et pas heureux du tout.

Je n'ai jamais entendu dire qu'elle avait épousé quelqu'un, mais là encore, je ne lis pas les tabloïds et je ne lis pas les colonnes à potins des journaux de divertissement. J'ai seulement entendu parler d'Harper Madison avant son arrivée à Breckenridge.

— Je l'ai rencontré à Vegas lors d'un tournage de film. Il était romantique, charmant, et j'avais beaucoup bu. Le reste est flou, sauf que je me suis réveillée le lendemain matin avec son énorme bague en diamant à mon doigt, raconte Harper.

— Qu'est-ce que tu as fait ?

— J'ai fui. Il y a quelques mois, j'ai vu un reportage à la télévision sur la mafia et le crime organisé en Amérique. Enzo était présenté avec ses copains, les mêmes gars qui m'avaient soûlé cette nuit-là.

— Merde, je jure tous bas.

La porte des toilettes s'ouvre, et je me fige, inquiète qu'Enzo n'entre en trombe et nous rejoigne.

Il ne le fait pas.

C'est l'une des serveuses. Elle se dirige vers une cabine.

Poussant un soupir de soulagement, j'attends que la porte principale se ferme pour parler.

— On va s'en sortir. Mason arrive. Il ne laissera rien t'arriver. Est-ce qu'Enzo t'a vu ?

Ça ne peut pas être une coïncidence qu'il apparaisse à Breckenridge.

Harper se frotte le front et s'asperge le visage d'eau froide.

— Non, je ne pense pas.

— C'est bien, dis-je. Je peux retourner à la table, demander l'addition, et demander à Hazel de nous retrouver dehors.

La serveuse sort de la cabine.

— Vous allez bien ? demande-t-elle. Avez-vous besoin de mon aide ?

— Je pense que ça ira, répondit Harper, offrant un léger sourire.

J'envoie un message à Hazel pour qu'elle nous rejoigne à l'extérieur, que nous mangerons quelque chose plus tard, puis à Mason pour qu'il se dépêche, que nous avons un problème.

Avec un peu de chance, il arrivera avant qu'Enzo ne nous remarque.

Je sors des toilettes en premier, m'assurant que personne n'attende dehors pour enlever Harper. Je n'ai aucune idée de si Enzo est violent ou non.

Est-il venu à Breckenridge pour réclamer sa femme et la ramener chez lui ?

— Viens.

Je la conduis dans le couloir et tourne à droite pour sortir du restaurant. Je jette un coup d'œil en arrière vers la table, mais il est trop difficile de voir si Hazel est déjà partie ou si Enzo est toujours assis avec Jayden.

Qu'est-ce qu'Enzo et Jayden ont en commun ? Pourquoi déjeunent-ils ensemble ?

Nous nous dépêchons de sortir par la sortie principale et restons dehors, rattrapant Hazel.

— Qu'est-ce qui se passe ? demande Hazel. Tu vas bien ?

Son attention est entièrement tournée vers Harper.

Harper enroule ses bras autour d'elle.

— Je suis juste tombée sur quelqu'un qui ne devrait pas être ici.

Elle ne donne pas plus de détails.

A-t-elle peur que si elle le dit à Hazel, Lincoln finira par le découvrir ? Je ne peux pas garder le secret. C'est trop gros, et Harper est en danger.

Pas vrai ?

Mason arrête le camion devant nous et déverrouille les portes.

— Vous allez bien ?

— Maintenant oui, dit Harper.

Elle ouvre d'un coup sec la portière arrière et saute sur le siège. Je grimpe à côté d'elle.

Allons-nous sérieusement ne pas parler d'Enzo et du fait qu'elle l'a épousé ? Si c'est un regret dont elle ne se souviens pas, il y a des moyens d'y remédier.

Le divorce est la première option qui me vient à l'esprit.

De quoi a-t-elle peur ?

CHAPITRE VINGT-SIX

HARPER

Mason nous conduit à la maison d'Ariella sur la montagne.

Je jette de temps en temps un coup d'œil derrière nous, pour m'assurer qu'Enzo ne nous suit pas.

Est-ce qu'il est capable d'attendre devant ma chambre d'hôtel ce soir quand je rentrerai chez moi ?

Combien de temps pourrais-je l'éviter ?

— Est-ce que quelqu'un va me dire pourquoi je devais me dépêcher ? demande Mason.

— Je ne sais pas, dit Hazel. (Elle jette un coup d'œil par la fenêtre.) Peut-être qu'Ariella ou Harper pourront te répondre.

— Merci beaucoup, souffle Ariella. On a vu quelqu'un avec qui on ne veut pas discuter et on a pensé que ce serait une bonne idée de partir.

Hazel s'agite sur son siège avant pour nous regarder.

— Avant même qu'on ne commande le déjeuner ? Tu me caches des choses, et je n'aime pas ça.

Mason regarde dans le rétroviseur. Son regard se pose sur moi. Si je lui dis, ne le dira-t-il pas à tous ses copains, et ça remontera jusqu'à Lincoln ?

Non, merci.

— Tu vas devoir lui dire, dit Ariella. (Elle me donne un coup de coude.) Tu peux faire confiance à Mason.

— Bien sûr ? Comme ça, il peut aller le répéter à Lincoln ?

Je pousse un gros soupir et croise mes bras sur ma poitrine. C'est la dernière chose dont j'ai besoin en ce moment, plus de problèmes.

Je ne parle pas à Lincoln en ce moment. Je viens juste de surmonter le fait qu'il travaille à la sécurité du plateau, et aujourd'hui j'ai découvert qu'il est carrément mon garde du corps.

Dire que je suis en colère contre lui est un euphémisme. Je ne peux même pas le regarder sans bouillir.

Est-ce que toutes les nuits que nous avons passées ensemble, sous les étoiles ou dans ma caravane, étaient motivées par son travail ?

La voix d'Ariella est douce et calme quand elle parle.

— Enzo est ici pour une raison.

Je le sais. C'est pour ça que mon estomac est noué et que je ne veux rien d'autre que rentrer chez moi.

J'ai détruit mon téléphone portable. Je n'ai aucune idée de si le studio m'a contacté pour me virer.

Peut-être que je peux faire profil bas, me cacher avec Ariella pendant quelques jours, et laisser passer cette vague de conneries qui couve.

Mason se racle la gorge.

— Est-ce qu'Enzo a un nom de famille ?

Il ne prétend même pas qu'il ne peut pas entendre ce qui se dit entre nous.

— Non.

Ma mâchoire est ferme, je refuse de le dire. Si je le fais, il découvrira la vérité, que je suis mariée à Enzo.

Mason fait avancer le véhicule devant la maison et éteint le moteur. Il sort avec nous, marchant jusqu'à la porte d'entrée.

S'assure-t-il simplement que nous entrons, ou a-t-il l'intention de rester ?

Nous le suivons jusqu'au porche, et Ariella sort sa clé. Elle déverrouille la porte et nous laisse entrer pendant qu'elle désactive l'alarme.

— C'est une soirée entre filles, ce qui veut dire que tu dois partir, dit Ariella en poussant Mason vers la porte.

Il fait plusieurs pas en arrière mais reste sur le porche.

— Mets l'alarme et n'ouvre la porte à personne, dit Mason.

— Détends-toi. Jaxson va rentrer tard ce soir. Je te promets que rien n'arrivera à ta copine, taquine Ariella.

— Bye ! Hazel lui envoie un baiser et lui fait un signe de la main en gloussant. Ferme la porte !

Ariella claque la porte d'entrée et active à nouveau l'alarme.

Je me tiens près de la fenêtre, regardant Mason se diriger vers son camion.

— Il va vraiment partir ? je demande.

— Il a intérêt, dit Hazel, en allumant les lumières, faisant comme chez elle. Où est le vin ?

———

— Comment va Bear ? demande Ariella.

— Super mignon et câlin, dit Hazel avant de préciser pour que je comprenne. C'est le chien que l'on a adopté de l'oncle de Mason quand il est mort. Elle est vraiment trop mignonne. Je ne vois pas pourquoi elle n'aime pas les gens. Je vous jure que tout ce qu'elle fait, c'est me lécher ou me câliner.

— On dirait Mason, glousse Ariella en buvant une autre gorgée de vin.

— La ferme ! Les yeux d'Hazel se rétrécissent et elle fixe Ariella.

— Et toi ? Ariella tourne son attention vers moi.

— Pas d'animaux, dis-je en répondant un peu trop vite, espérant que la conversation portera davantage sur les animaux que sur les petits amis.

Hazel penche la tête en arrière, terminant son verre de vin rouge. Elle attrape la bouteille et remplit son verre.

— Quelqu'un d'autre ?

— Ça ira.

Je n'ai pas besoin d'un mal de tête plus tard ou d'avoir la gueule de bois. Je suis encore à cran après avoir repéré Enzo au restaurant.

— Remplis mon verre, dit Ariella en agitant son verre devant la bouteille de vin.

— Tu dois le tenir immobile ou je vais en mettre partout, dit Hazel. Je ne peux pas verser dans un verre qui bouge dans tous les sens.

— Ce sont mes tremblements.

— Non, tu es juste bourrée, dit Hazel avec un reniflement. Bien essayé.

— Hey, je marche plus droit que ça quand je suis bourrée, rétorque Ariella.

Hazel secoue la tête et lève les yeux au ciel.

— Tu vois ce que je dois supporter ? Elle reporte son attention sur Ariella. Non, tu ne marches pas plus droit quand tu es bourrée. Tu ne te rends simplement pas compte que tu tombes. C'est assez amusant.

Je sirote mon verre, profitant des plaisanteries entre elles.

— Depuis combien de temps vous vous connaissez ? je demande.

On dirait qu'elles sont amies depuis toujours.

— Pas très longtemps, répond Hazel. On est devenues amies au travail.

Elle lève le verre à ses lèvres.

Est-ce qu'elle évite la question ? Je ne suis pas tout à fait sûre.

— On devrait recouvrir la maison du voisin de papier toilette ! crie Ariella.

Ses yeux sont grands et remplis d'excitation.

C'est une très mauvaise idée.

— On ne doit pas sortir de la maison, dis-je.

Pourquoi est-ce que je me retrouve à être la personne responsable ?

— Il fait nuit. Que peut-il se passer dans le noir ? glousse Ariella.

Elle finit son verre. Je n'en ai compté que deux. Elle ne doit pas boire d'alcool très souvent, ou alors c'est un vrai poids plume.

— Seulement des meurtres et des kidnappings, dit Hazel en gardant son sérieux avant d'éclater de rire. (Elle termine son deuxième verre et s'en sert un troisième.) Mon dieu, j'ai besoin de m'envoyer en l'air.

— Quoi ? Ariella se retourne. Tu es en train de me dire que toi et Mason n'avez rien fait–

Hazel bégaye jusqu'à la porte d'entrée, repousse les rideaux en jetant un coup d'œil dehors.

— Je voulais le faire. Tu ne sais pas à quel point c'est difficile de jouer les infirmières et de ne pas faire de choses sexy avec Mason, mais il devait guérir, et les ordres du médecin étaient de ne pas coucher ensemble. Dommage que je ne sois qu'une infirmière et que je ne puisse pas passer outre les conseils du médecin.

— Meuf, qu'est-ce que tu fais avec nous ce soir ? je demande. C'est clair qu'il a envie de toi. Je vois que tu as envie de lui. Va le voir, ou comme tu n'as pas de voiture, appelle-le.

— Oui, appelle-le et faites l'amour par téléphone, dit Ariella en riant et en tapant dans ses mains.

— Oh mon dieu ! Vous êtes des fauteuses de troubles toutes les deux, murmure Hazel.

Elle se couvre le visage de ses mains.

Mon estomac grogne.

— J'ai faim. On devrait commander une pizza. Donne-moi ton téléphone.

Mon sac à main est posé à mes pieds, mais j'ai déjà jeté mon téléphone. La décision a été spontanée et n'est pas sans regret à l'heure actuelle.

Hazel laisse tomber sa main sur ses genoux.

— Pourquoi ? Tu vas juste appeler Mason et m'embarrasser.

— Je ne le ferai pas, je le jure.

— Je crois que vous êtes censées croiser vos petits doigts, dit Ariella. Ou tu peux juste utiliser mon téléphone. (Elle sort son smartphone de sa poche.) Tiens.

Ariella déverrouille son téléphone et me le tend.

— Des recommandations pour où appeler ? je demande

. Je ne connais aucune pizzeria locale.

Après avoir choisi le restaurant et le type de pizza que nous voulons, je passe l'appel et propose ma carte de crédit pour payer. Je rends le téléphone à Ariella pour qu'elle donne l'adresse.

Même pas vingt minutes plus tard, on frappe fermement à la porte.

— C'était rapide ! Je me lève d'un bond et me précipite pour répondre à la porte.

Ariella éteint l'alarme tandis que je déverrouille la porte sans même regarder par la fenêtre ou par le judas qui se trouve être beaucoup trop haut pour moi.

Un homme grand et costaud, avec les mêmes yeux et cheveux qu'Enzo, me surplombe. Le temps semble s'être arrêté. Un éclair de reconnaissance traverse mon regard. Je pousse la porte, mais il y met son pied et l'ouvre brusquement, ce qui me fait trébucher en arrière.

Il laisse entrevoir son arme à feu rangée dans son étui.

— Ne touche pas à cette alarme, dit l'inconnu avec un épais accent italien. Recule doucement. Va t'asseoir sur le canapé avec l'autre fille.

Ariella ne se retourne pas. Elle recule lentement vers le canapé, mais ne lui tourne jamais le dos.

Comment m'a-t-il trouvé ?

— C'est Enzo qui vous envoie ? je demande.

Pour quelle autre raison pouvait-il être ici ?

— Tu viens avec moi, dit-il avec un rire sombre et sinistre.

Il me veut. Je n'ai pas besoin de mettre la vie des filles en danger.

Il incline la tête, me fixant de ses yeux d'acier.

— N'est-ce pas horrible de fuir son mari ? Enzo peut prendre soin de toi, te protéger.

— Je ne suis pas sa femme, je me moque de sa notion du mariage. On était à Vegas, et j'étais ivre, grâce à toi et tes copains.

M'ont-ils drogué aussi ? La nuit entière était floue.

Ariella s'interpose entre le voyou et moi.

— Elle ne vient pas avec vous. (Elle tient bon.) Vous devez partir.

Il frappe Ariella au visage.

— Personne ne me parle sur ce ton, grogne-t-il. (Sa lèvre supérieure se relève, et le voyou se penche et attrape la chemise d'Ariella. Il la tire vers lui et la tient serrée.) Une jolie fille comme toi, je parie que tu serais vendue très vite.

Ariella lui envoie son poing dans la mâchoire.

Ses yeux flanchent, seule preuve de son attaque sur lui.

— C'est comme ça que vous traitez les invités ? demande-t-il.

Il desserre son poing, relâchant Ariella. Il la pousse en arrière, la forçant à s'asseoir sur le canapé, comme il lui a initialement demandé de le faire.

— Vous n'êtes pas un invité, crache Ariella.

Il sort son arme de son étui, la pointant vers le front d'Ariella.

— Tu es sûre de ça ?

Je ne peux pas laisser quoi que ce soit arriver à mes nouvelles amies.

— S'il vous plaît, j'irai avec vous, mais surtout, ne leur faites pas de mal.

Il me tire par les cheveux et me traîne dehors. Je ne me débats pas. Comment le pourrais-je pu sans risquer la vie de mes nouvelles amies ?

Il sort une paire de menottes en métal.

— Mains derrière le dos ! aboie-t-il.

Je fais ce qu'il me demande, et il me passe les menottes, bien serrées. Elles s'enfoncent dans ma chair, perçant ma peau.

Il ouvre la porte arrière et me fait signe de monter dans la voiture. Je me précipite à l'intérieur, et il me place un sac noir sur la tête, empêchant ainsi de voir où il m'emmène. J'entends la portière claquer

Un autre claquement de portière.

En quelques secondes, la voiture démarre. Il appuie sur l'accélérateur, s'éloignant de la maison.

Où m'emmène-t-il ?

Est-ce que je reverrai mes amies un jour ? Et ma maison ? Je n'ai rien avec moi. Mon sac à main est abandonné par terre chez Ariella, et mon téléphone portable jeté à la poubelle quelques heures plus tôt.

J'ai besoin d'aide, et je n'ai pas la moindre idée de ce qu'il me veut.

— Pourquoi faites-vous ça ? je demande d'une voix hésitante et effrayée.

— Ferme-la !

CHAPITRE VINGT-SEPT

LINCOLN

— Qu'est-ce que tu veux dire, elle a été enlevée ? Qui l'a enlevée putain ?

Je fais les cent pas le long de la maison de Jaxson, une belle maison, mais à cet instant, elle me semble petite et confinée.

La police est sur les lieux, prenant les déclarations d'Ariella et d'Hazel.

Jaxson m'a appelé dès qu'il a appris ce qui s'était passé, quand Ariella l'a appelé en larmes.

Elle a sangloté à propos d'un intrus et d'un autre homme nommé Enzo, et le reste a été difficile à déchiffrer jusqu'à ce qu'elle se soit calmée.

— Je ne connais pas son nom, mais il travaille pour son mari, dit Hazel un peu trop calmement.

Mon visage impassible ne me rend pas justice.

— Elle est mariée ?

Pourquoi Harper ne m'a-t-elle pas dit qu'elle était mariée à un autre homme ?

— Il est clair que ce gars est un vrai cadeau, je murmure dans mon souffle.

— Ce n'est pas le moment, dit Jaxson.

Il me lance un regard du genre « calme-toi ou va-t'en. » Je ne compte pas quitter la scène. J'ai besoin de connaître tous les détails, tout ce qu'il faut pour la retrouver, vivante.

Ariella prend une longue et lente inspiration.

— Elle ne semblait pas connaître le nom de l'homme, mais ils n'arrêtaient pas de parler d'Enzo, son mari. Il est clair qu'elle a reconnu l'homme qui l'a enlevée. Harper m'a expliqué qu'elle s'était mariée sous de faux prétextes. Elle était à Vegas, ivre, et d'après ce que j'ai entendu, ils l'avaient peut-être même droguée. Elle avait peur de lui, Lincoln.

Mes mains forment des poings à mes côtés.

— Salauds, je murmure.

Je tuerai quiconque touche à un seul cheveu d'Harper.

Elle n'est peut-être pas à moi, mais je veux la protéger.

Non, j'ai *besoin* de la protéger. Elle a besoin de quelqu'un pour veiller sur elle. Elle n'a probablement jamais eu ça de toute sa vie.

— Il y a autre chose que tu devrais savoir, dit Ariella. (Elle tripote ses mains.) Enzo était au restaurant cet après-midi. C'est pour ça qu'Harper a paniqué, mais il n'était pas seul.

— Qui était avec lui ? demande Jaxson avant que je puisse dire un mot. L'homme qui est venu à la maison et l'a enlevée ?

— Non, Jayden Scott, dit Ariella.

La pièce tourne. Ma mâchoire se contracte, et j'arrête de faire les cent pas.

— Je vais le tuer.

Jaxson se tourne vers moi, les bras croisés sur sa poitrine.

— Va faire un tour.

J'ouvre la bouche pour répondre, mais il pointe un doigt vers la porte. Je sais qu'il a raison, qu'il essaye de me protéger. Je ne peux pas faire de telles menaces devant le shérif. Et si ce bâtard finissait mort ?

Tant mieux !

Je sors en trombe de la maison et claque la porte derrière moi. Le sol craque sous mes pieds alors que je marche sur le gravier en direction de mon camion. L'air de la nuit est frais mais pas glacial.

Pourquoi un des hommes de main d'Enzo s'est-il montré et l'a enlevée ?

Pourquoi Jayden a-t-il déjeuné avec Enzo ? Je monte dans mon camion et démarre le moteur.

La porte d'entrée de la maison s'ouvre, et Jaxson en sort et se tient sur le porche.

— Où vas-tu ? crie-t-il.

Je ne lui réponds pas. Il me connait assez bien pour savoir où je vais.

J'ai besoin de parler à Jayden.

Je descends la montagne à la vitesse de l'éclair et me dirige vers le nouveau lieu de travail de Jayden. Si j'ai de la chance, il est de garde. Si ce n'est pas le cas, alors je ne sais pas où je le trouverais.

Sa maison a été démolie avec les marginaux pendant l'attaque d'il y a six semaines. Le terrain a été abandonné, et je n'ai pas entendu parler de quelqu'un qui serait retourné vivre là-haut.

Il est dehors quelque part, s'attirant on ne sait quels ennuis.

La route est sèche, ce qui me permet d'avoir une bonne traction pendant que je me hâte vers le bar. Je freine brusquement, coupe le moteur, saute du camion et me précipite à l'intérieur.

Mes pieds tapent contre le sol, prêt à me battre. Jayden me prête à peine attention lors de mon entrée.

— Je dis juste que je sais comment déplacer la marchandise, dit Ben alors qu'il est assis au bar, sirotant une bière, parlant à Jayden.

Je reconnaîtrais cette ordure n'importe où.

Que diable Ben fait-il encore à Breckenridge ? Les autorités sont-elles à sa recherche ? Bien qu'en ce moment, ils sont tous coincés chez Jaxson à s'occuper de la disparition d'Harper. Le sait-il ?

— Benjamin Ryan, dis-je d'un ton rêche en me dirigeant directement vers les deux hommes les plus recherchés de Breckenridge, et pas pour leur charme ou leur charisme.

Ben sort une liasse de billets et la laisse tomber sur le comptoir. Il me jette un regard, les yeux écarquillés, et s'enfuit par la porte de derrière.

Merde.

Je le poursuis ou je discute avec Jayden ?

Je ne peux pas être à deux endroits à la fois, et le reste de l'équipe de Tactique de l'Aigle est occupé. Je prends mon téléphone et envoie un message à Jaxson pour le prévenir.

S'il veut venir et attacher Ben par les couilles, alors, par tous les moyens, je veux qu'il en ait la chance.

Soupirant, mon choix est déjà fait. Peut-être que j'aurais dû aller après Ben, puisqu'il est toujours une menace pour Ariella, mais je dois trouver Harper. Elle est la seule en danger en ce moment.

— On doit parler.

Je fais le tour du bar, entrant dans l'espace personnel de Jayden.

Il n'est pas le moins du monde plus petit ou moins intimidant que moi, mais il sait que je lui botterais le cul. Nous avons servi ensemble comme des frères à l'étranger.

Au cours des dernières années, nous nous sommes éloignés. Il est mêlé à des affaires louches avec les marginaux qui ne se sont pas bien terminées pour lui.

— Je n'ai rien à dire, raille Jayden.

Peut-être qu'il est temps pour lui de changer et de se remettre sur le droit chemin.

— Tu es sûr de ça ? Je le fixe. On t'a vu déjeuner avec un gentleman du nom d'Enzo.

Jayden hausse les épaules, ne niant pas la vérité.

— C'est ce que je faisais, depuis quand prendre un repas est un crime ?

— As-tu comploté avec Enzo et ses sbires pour kidnapper Harper Madison ?

J'attrape Jayden par les pans de sa chemise, exigeant une réponse.

— Quoi ? Non. Je ne sais rien de tout ça, dit Jayden en me rejetant.

Je le lâche, seulement parce que je le crois.

— Savais-tu à tout hasard qu'Harper était prétendument mariée à Enzo ?

Il fait un pas en arrière, mettant de la distance entre nous.

— C'est censé représenter quelque chose pour moi ? Je me fiche de qui il épouse ou de ce qu'il fait avec les femmes qu'il désire, dit Jayden.

— Tu devrais t'en soucier, parce qu'elle a été enlevée et forcée de faire Dieu sait quoi contre sa volonté.

Jayden prend un chiffon sur le bar et commence à faire briller la surface en bois.

— Peut-être que ce n'était pas contre sa volonté. Peut-être qu'elle aimait ça, ou peut-être, mieux encore, qu'elle voulait aller avec lui.

Je m'élance en avant et le frappe avec mon poing.

— Salaud !

Avec mon poing, je le saisis par l'arrière de la tête et je lui éclate le visage contre le bord du bar.

— Ok ! Ok ! crie Jayden, son nez en sang.

Je lâche prise, n'ayant pas l'intention de le tuer, juste de le forcer à me dire la vérité. Il me doit bien ça après tout ce que j'ai fait pour lui quand on servait ensemble.

— Je ne sais pas où elle est ni qui l'a emmenée, dit Jayden.

Je lève le poing, et il lève une main pour indiquer qu'il n'a pas fini.

— Enzo a acheté du terrain par ici, sous une fausse société. Il développe son entreprise et prévoit de finir ce que les marginaux avaient commencé il y a quelque temps.

— Et c'est quoi, exactement ?

La mâchoire de Jayden se serre. Un éclair de quelque chose traverse son visage.

Est-ce de la peur ?

— Ce n'est pas à moi de le dire, mais il pourrait y emmener ta copine. C'est assez éloigné, à côté de ça, les maisons des marginaux ressemblent à des paradis.

Merde.

— Tu as une adresse ?

— Je n'en ai pas, mais je suis sûr qu'avec ton expertise de Tactique de l'Aigle et tes relations, tu peux la trouver.

— Est-ce qu'Enzo a un nom de famille ? je demande.

— Ricci. Son nom est Enzo Ricci, mais ce n'est pas moi qui te l'ai dit.

CHAPITRE VINGT-HUIT

HARPER

J'ai du mal à respirer.

Mon cœur cogne contre ma poitrine alors que je suis assise sur la banquette arrière, les mains liées dans le dos. Je ne peux pas me libérer du métal qui s'enfonce dans ma peau.

Supplier mon ravisseur ne m'aidera pas non plus. Je ne connais même pas son nom. J'essaye de forcer le souvenir de cette nuit à Vegas à refaire surface. Je l'ai certainement vu avant, mais c'était un flou intense.

Pourquoi Enzo me veut-il ?

Est-ce parce que je suis sa femme ? Un stupide morceau de papier et des mots prononcés nous ont liés, mais tout peut être défait. Pas vrai ?

Enfin, s'il n'a pas d'autres plans pour moi.

Pourquoi Enzo est-il à Breckenridge ? Pourquoi ne m'a-t-il pas traqué à Los Angeles ou ailleurs ?

Est-ce parce qu'il y a moins de sécurité sur le terrain que dans les studios ?

Rien de tout cela n'a de sens.

Il ouvre les fenêtres de la voiture, la brise est forte et tourbillonne autour de moi, le tissu sombre empêchant de voir ou de sentir contre mon visage.

La voiture me secoue quand nous heurtons une bosse sur la route. Je ne suis pas attachée et me fait projeter sur la banquette arrière.

Le conducteur freine brusquement, ce qui n'arrange pas les choses, faisant atterrir mon visage contre l'appui-tête avant de retomber sur mes fesses.

— Reste ici, grogne-t-il.

Il coupe le moteur, et sa portière s'ouvre et se referme en grinçant.

Silence.

Je reconnais la voix d'Enzo comme au restaurant.

— Putain, où étais-tu passé ? demande Enzo.

Sa voix passe par la fenêtre ouverte.

— Je vous ai apporté un cadeau sur la banquette arrière, dit-il. Vous voulez y jeter un coup d'œil ?

— Je n'aime pas les surprises, Zan.

Le rire rauque de Zan me fait frissonner.

— Je n'appellerais pas ça une surprise, patron. C'est votre femme.

— Putain !

Je ravale la boule dans ma gorge. J'ai la bouche sèche.

— Tu sais vraiment comment ruiner une opération, dit Enzo. Tu me déçois, Zan. Sais-tu ce que j'attends des hommes qui me déçoivent ?

Zan se racle la gorge.

— Patron, je voulais juste montrer mon appréciation. S'il vous plaît, ne faites pas ça.

Est-ce qu'il est en train de le supplier ?

— L'amener ici pourrait détruire tout ce que j'ai mis en place. Je ne peux pas avoir de détails à régler.

La voix d'Enzo est plus forte, plus insistante, marquée non seulement par la déception mais aussi par la colère.

— S'il vous plaît, supplie Zan. Je te jure que je vais me débarrasser d'elle. Personne ne saura que c'était moi.

— Espèce d'idiot ! C'est ma femme. Le premier endroit qu'ils vont fouiller est ici. Ils vont me chercher ! Sa voix gronde et se propage dans la voiture.

Je frissonne et me rapetisse, me contracte, voulant être invisible.

— Tu as déshonoré la famille.

— S'il vous plaît, Enzo. Je vous en supplie, j'ai une femme et deux filles, dit Zan, la voix tremblante.

— Alors fais ton devoir honorable, ou je m'assurerai qu'elles souffrent avec toi.

Quel devoir honorable ?

Qu'est-ce qu'Enzo veut que Zan fasse ?

Est-ce une menace ?

— Pardonne-moi, Enzo, dit Zan.

Bang !

Un frisson parcourt mon corps.

Je ne fais plus qu'un avec le siège, recroquevillée et penchée, alors que je pousse mon corps sur le sol. Cachée.

Il devient plus difficile de respirer sous la capuche sombre qui couvre mon visage. Chaque souffle expulsé de mes poumons nécessite deux bouffées d'air pour le remplacer.

Je commence à hyperventiler.

Des bottes lourdes piétinent le sol. Le bruit se rapproche. La porte grince sur ses gonds lorsqu'on l'ouvre.

Je reste recroquevillée en boule sur le sol, la tête baissée avec l'épais sac noir sur ma tête.

Il retire le tissu de mon visage d'un coup sec. Il ne faut pas longtemps à mes yeux pour s'adapter. Il fait toujours noir dehors. Je trébuche en arrière, me déplaçant vers l'extrémité opposée de la voiture, loin de lui.

— *Tesero*, tu viens avec moi, dit Enzo.

Je secoue la tête. Mon nom n'est pas *Tesero*. Je ne sais même pas ce que ce mot signifie. Ça sonne italien, et je ne parle pas un mot d'italien.

Enzo me tend la main.

Comment pourrais-je la prendre, même si je le voulais ? Mes bras sont derrière mon dos, mes mains menottées.

Il m'attrape le bras et me traîne hors de la voiture.

— Retourne-toi, exige-t-il. Face à la voiture.

Je lui obéis.

Jusqu'où puis-je courir ? Il est difficile de voir quoi que ce soit dans l'obscurité de la nuit. La lune est cachée par les épais nuages au-dessus de nos têtes. Il n'y a pas de maisons ou de porches proches avec leurs lumières allumées, à l'exception de celui qui se trouve à quelques mètres.

Nous sommes au milieu de nulle part.

Combien de temps avons-nous roulé ? Ça ne peut pas être si loin.

Sommes-nous encore à Breckenridge ?

— Tu as tué Zan ? je demande.

J'ai retenu son nom pendant que les deux hommes se disputaient à mon sujet.

Ses mains sont rugueuses, ses doigts épais et chauds. Il détache les menottes. Suis-je libre de partir ?

Enzo me fait tourner sur moi-même, coincée entre lui et le côté de la voiture.

— Ce n'est pas ton problème, dit Enzo. (Ses yeux sont sombres.) Viens avec moi.

Il saisit mon bras et me tire pour que je le suive.

Je veux fuir.

Où pourrais-je aller ? Je n'ai pas de téléphone, je ne sais pas où je suis ni comment m'enfuir. A quelle distance se trouve la prochaine maison ? L'obscurité s'étend aussi loin que je puisse voir.

On s'éloigne de la voiture et on se dirige vers la maison.

Zan git dans une mare de son propre sang, le métal d'une arme scintillant sous les étoiles dans sa main. S'est-il suicidé ou Enzo a-t-il fait exprès pour que ça ressemble à ça ?

— Continue de marcher.

La prise d'Enzo sur mon bras reste serrée alors qu'il m'escorte sur les marches du porche et à l'intérieur de son extravagante maison.

— Qu'est-ce que tu me veux ? je demande.

D'après ce que j'ai entendu, Enzo n'est pas derrière mon enlèvement, mais pourquoi me garder ? Qu'a-t-il l'intention de faire de moi maintenant que je suis ici, sur sa propriété, enlevé par ses hommes ?

— Détends-toi, *Tesero*. Je vais te préparer une tasse de thé, et tu pourras partir.

Enzo m'escorte dans sa maison et ferme la porte derrière nous.

Je tremble en avançant, mes jambes ne voulant pas coopérer. Seigneur, je ne veux pas coopérer.

— Laisse-moi partir. S'il te plaît, je ne dirai à personne que tu étais impliqué.

C'est de ça qu'il s'inquiète ?

Les sols sont faits de marbre gris et blanc tourbillonnant. Mes pieds nus sont froids sur le matériau lisse alors qu'il me traîne dans ce que je présume être son bureau. Une grande chaise est posée dans un coin, son bureau en est la pièce maîtresse.

— Assieds-toi, dit-il en me poussant sur le siège en velours bleu foncé.

Je tombe dans le fauteuil, reconnaissante que sa main ne se trouve plus sur mon bras. Il n'y a pas de fenêtre dans son bureau. La porte est le seul moyen de s'échapper. La pièce est sombre, sans décoration, seulement du papier peint qui scintille à cause de la lampe de bureau allumée.

— Assieds-toi. Ne bouge pas.

— Je ne suis pas un chien, dis-je.

— Je reviens tout de suite. Reste assise.

Enzo fait plusieurs enjambées à reculons avant de s'éclipser par la porte.

Je saute de la chaise et me précipite vers la porte. Il m'a enfermé à l'intérieur. Pourquoi suis-je resté assise là, à faire ce qu'il m'a ordonné ?

Pourquoi l'ai-je suivi dans sa maison ? J'aurais dû m'enfuir quand j'en avais l'occasion.

Sans moyen évident de m'échapper, je me dirige à toute vitesse vers son bureau. L'acajou est en parfait état, le bois propre et bien entretenu. Il n'y a aucun papier laissé de travers. Je regarde dans les tiroirs. Chacun est fermé à clé.

La porte s'ouvre et Enzo entre, un plateau en argent avec deux tasses de thé à la main et me regarde fixement.

— Je pensais t'avoir dit de t'asseoir et de m'attendre ?

— Je ne reçois pas d'ordre de toi ou de quiconque.

Enzo se rapproche de moi.

Je fais un pas en arrière, m'écartant de son bureau, voulant garder mes distances.

Que veut-il de moi ?

— J'ai déjà contacté les autorités.

— Quoi ? Tu as fait ça ?

Je ne le crois pas.

Pourquoi aurait-il fait ça ? Il y a un cadavre dans son jardin.

Va-t-il m'accuser de la mort de cet homme ?

— Ils seront bientôt là pour te poser des questions. Je pense qu'il serait sage pour toi de t'asseoir et de boire quelque chose pendant que nous attendons. Nous pourrions parler, avoir l'occasion de se connaître un peu mieux, dit Enzo.

Je ne lui fais pas confiance, mais il n'agite pas une arme vers moi et ne me menace pas non plus. C'est au moins un bon signe.

— Tu as appelé la police ? je demande. Pourquoi tu as fait ça ?

— Pour qu'ils puissent voir que je suis innocent. Je n'ai rien à voir avec ton enlèvement. Je ne suis pas un monstre.

Il m'offre le thé, en posant le plateau sur le bureau.

— Mais tu as tué cet homme sur ta pelouse.

Enzo regarde sa montre, la mâchoire serrée. Il soulève une tasse, la porcelaine petite et délicate, qui semble presque plutôt ridicule dans ses grandes mains rugueuses.

— Je ne sais pas pour toi, mais je prendrais bien une infusion de camomille pour me calmer.

Il lève la tasse de thé à ses lèvres et prend une gorgée.

— De la camomille ?

C'est mon préféré, surtout quand mes nerfs sont à vif. Je m'approche du bureau, le bois épais gardant une distance entre nous, ce qui me fait me sentir en sécurité.

Je porte la matière délicate à mes lèvres et prends une gorgée.

— Oui, c'est mon préféré. Je ne bois pas de thé très souvent, mais quand j'en bois, je préfère toujours une tasse de camomille, dit-il.

Peut-être n'est-il pas si mauvais ? Je souris avec nostalgie dans la tasse et prends une autre gorgée.

— Oui, moi aussi.

— Je suis désolé, Harper, dit Enzo, en m'appelant par mon nom.

Avait-il confondu mon nom avec *Tesero*, ou m'a-t-il donné un petit nom ?

Soupirant, je bois le thé, le liquide étant chaud mais ne brûlant pas ma bouche. J'avale le liquide sombre, mon corps commençant à se détendre. Déjà, je me sens mieux, plus calme.

La porcelaine glisse de mes mains et s'écrase sur le sol à mes pieds. J'ouvre la bouche pour m'excuser, mais aucun son ne sort. Mes jambes s'affaiblissent, mes bras ne coopérèrent pas, et alors que mon corps commence à tomber par terre, Enzo me rattrape avant que je ne touche le sol.

— Dors maintenant, *Tesero*.

Il m'embrasse le front.

A l'intérieur, je crie. Je hurle. Je le supplie de me laisser partir.

Je suis paralysée, et il me tient dans ses bras, avant que ma vision ne devienne sombre.

CHAPITRE VINGT-NEUF

LINCOLN

— Lincoln, je réponds à mon téléphone.

Vu que c'est Jaxson, je prends l'appel à l'extérieur du bar. Je n'ai pas besoin que Jayden entende quelque chose et appelle Enzo. Je n'ai pas confiance en lui.

— Je viens d'avoir des nouvelles du shérif Nelson. Il a été informé que Harper Madison est à la résidence d'Enzo Ricci.

Je retiens mon souffle.

— Tu as une adresse ?

— Oui.

Il me transmet l'adresse, je grimpe dans mon camion et traverse la ville pour me rendre à la propriété qu'Enzo a récemment achetée.

Le shérif est déjà arrivé sur les lieux. Jaxson attend avec des nouvelles pour savoir ce que j'ai besoin de lui. Je ne pense pas qu'elle soit là et que ce n'est pas un coup monté.

Devant la maison, se trouve la Lotus bleue que j'ai vue plus tôt dans la semaine. Il y a quelques autres véhicules ainsi que la voiture du shérif à l'extérieur.

Je sors ma lampe de poche et marche le long du chemin sombre jusqu'à la maison. Un corps git recouvert d'un drap.

Merde.

Est-ce Harper ?

Personne ne m'a prévenu qu'elle est peut-être morte.

Enzo a-t-il appelé pour se confesser ? Je n'ai pas demandé. J'aurais dû, mais j'avais trop peur d'entendre la réponse.

Je me penche et retiens ma respiration. Je relève le bord du drap pour révéler un homme aux épais cheveux noirs, avec une blessure par balle à la tête.

Ce n'est pas Harper.

Je pousse un soupir de soulagement et recouvre le corps avec le drap.

— Lincoln ! me crie le shérif depuis le porche de la maison. Mettez des gants ou ne touchez pas ce satané corps.

Merde. Je le savais. Je n'ai pas touché le cadavre, mais j'aurais dû penser davantage au fait que c'est une scène de crime active.

L'homme mort est-il la personne qui a pris Harper et l'a emmenée contre sa volonté ? Comment était-il lié à Enzo ?

Je me précipite sur les marches du porche vers le shérif Nelson.

— Avez-vous vu Harper ?

— Oui, la presse va arriver d'une minute à l'autre, et nous devons la faire sortir d'ici et l'emmener à l'hôpital le plus proche avant que les gens commencent à prendre des photos et piétinent la scène de crime.

Qui a appelé la presse ? Ont-ils eu vent de son enlèvement ? Les médias ont-ils écouté la radio de la police et découvert qu'elle a été retrouvée ?

— Je vais la prendre. Je ne la quitterai pas d'une semelle.

Je me précipite devant le shérif et franchis la porte d'entrée.

— Harper ? je crie, à la recherche de sa douce voix.

Qu'a voulu dire le shérif Nelson en disant qu'il fallait l'emmener à l'hôpital ? Il y a deux heures de route, et il n'a pas mentionné la clinique locale, donc ça doit être assez grave. Est-elle blessée ? Que lui ont-ils fait ?

— Lincoln ? Sa voix douce traverse le couloir.

— Elle est par ici, dit un homme italien avec un costume chic et d'épais cheveux noirs.

Je ne sais pas si c'était Enzo ou quelqu'un d'autre, mais je le suis.

Harper est assise dans un grand fauteuil bleu dans un bureau sombre. Des étagères de livres bordent les murs à chaque coin. Il n'y a pas de fenêtre, juste une lampe de bureau qui illumine la pièce faiblement éclairée. Les plafonniers semblent éteints ou ne fonctionnent pas.

— Tu vas bien ? je lui demande en me penchant à sa hauteur.

— Qu'est-ce que je fais ici ? me demande Harper.

Elle a les yeux vitreux et plissés, les lèvres sèches. A-t-elle été droguée ?

— Enzo ? (Ses sourcils se froncent tandis qu'elle jette un coup d'œil à l'homme italien qui se tient près de moi.) Je ne me souviens de rien.

— Je vais t'emmener à l'hôpital, lui dis-je.

Je la soulève avec aisance dans mes bras et la porte dans le couloir jusqu'à l'extérieur.

Le shérif ouvre la portière passager et je place délicatement Harper dans mon camion, la laissant s'asseoir sur le siège avant à côté de moi.

— Je suis fatiguée, dit Harper.

Elle lutte pour garder les yeux ouverts.

— Que t'ont-ils donné ?

Je doute qu'elle le sache, et j'ai envie de retourner chez Enzo et de lui casser la gueule, mais je dois me concentrer sur Harper.

Elle est ici, en vie, et je dois lui trouver de l'aide.

Harper ne me répond pas.

— Reste avec moi, dis-je, inquiet qu'elle ne perde connaissance.

Je ne sais pas si elle va se réveiller, tomber dans le coma ou quelque chose d'encore pire.

Je saisis la ceinture de sécurité et l'attache au siège, m'assurant qu'elle soit bien en place.

— Je vais l'emmener à l'hôpital pour faire des analyses de sang, dis-je au shérif. Voyez si vous pouvez trouver ce qu'ils lui ont donné.

— Je vous appelle si je trouve quelque chose, répond le shérif Nelson.

Je me précipite du côté conducteur, saute dans la voiture et me mets en route pour l'hôpital. C'est un long trajet. J'appelle Jaxson pendant que je suis en route.

— Hey, des nouvelles ? demande Jaxson.

— J'ai Harper avec moi sur le siège avant. On dirait qu'ils lui ont donné une sorte de drogue. Elle semble fortement sédatée, ne peut pas bouger, et ne se souvient pas de ce qui s'est passé. Elle semblait surprise de voir Enzo quand je suis arrivé.

— Enzo avait des menottes ? A-t-il avoué son enlèvement ? demande Jaxson.

Ma poigne se resserre sur le volant.

— Non, il y avait un homme mort devant sa maison. Je suppose qu'Enzo lui met la disparition et l'enlèvement d'Harper sur le dos.

— Salaud, murmure Jaxson. On se retrouve à l'hôpital.

— Ce n'est pas nécessaire, dis-je, en jetant un coup d'œil à côté de moi à Harper qui marmonne de façon incohérente à voix basse. (Elle ne semble pas complètement réveillée ou alerte.) Je peux t'appeler dès que j'ai du nouveau.

— S'il te plaît, fais-le, dit Jaxson. Je vais faire savoir aux autres gars ce qui se passe.

Je raccroche le téléphone et appuie plus fort sur l'accélérateur, me hâtant vers l'hôpital.

— Accroche-toi, Harper.

CHAPITRE TRENTE

HARPER

Bip. Bip. Bip.

Le bruit des machines me tire de ma rêverie.

Mes yeux s'ouvrent paresseusement alors qu'une lumière blanche éclatante se répand en cascade autour de moi. Ma vision ne s'est pas encore stabilisée. Je me sens fatiguée, droguée.

Une main forte et chaude saisit la mienne.

Je me fige.

— Harper ? La voix apaisante de Lincoln parvient à mes oreilles. Harper, c'est moi, Lincoln.

Je laisse mes paupières se fermer, un léger sourire sur mes lèvres. J'aurais dû être en colère contre lui, mais tout ce que je ressens à cet instant est un sentiment chaleureux de calme qui m'envahit.

— Je sais, je marmonne.

Je suis en sécurité.

Mes souvenirs sont flous et se dissipent, je ne me souviens plus de rien. Tout semble brumeux derrière un nuage que mon esprit refuse de lever.

— Dors, chuchote Lincoln.

C'est ce que je fais, laissant mon corps succomber au sommeil.

Je ne sais pas combien de temps j'ai dormi ni combien de temps la main de Lincoln est restée accrochée à la mienne. Le temps semble ne pas exister.

Ma tête commence à devenir moins brumeuse, et lorsque je reviens à moi, Lincoln est allongé sur une chaise placée à côté du lit, sa main dans la mienne, les yeux fermés. Endormi.

Je ne veux pas le réveiller.

Qu'est-ce que je fais là ? J'ai une perfusion dans ma main gauche. Ma main droite, Lincoln l'a serrée et, même en dormant, ne l'a pas lâchée.

Je veux rentrer chez moi. Me glisser dans mon lit chaud et dormir pendant une semaine. Sauf que je suis loin de Los Angeles.

Dois-je m'inquiéter que mon mari ne revienne pour moi ? Il est le responsable de mon enlèvement, non ?

— Harper ? Lincoln marmonne, ses paupières ouvertes, me fixant. Tu es réveillée. (Il frotte le sommeil de ses yeux et se redresse.) Je vais chercher l'infirmière.

Je tiens sa main, ma prise se resserrant. Je ne fais pas confiance aux hôpitaux ou aux médecins. Je ne fais pas confiance à beaucoup de gens, mais à Lincoln si, alors que je suis peut-être censée être en colère contre lui, la colère a fondu. Il est avec moi ici et maintenant quand ça a de l'importance.

— Ne fais pas ça, dis-je. (Je ne veux pas qu'il quitte mon chevet.) Tu n'es pas censé être mon garde du corps ?

Lincoln fronce les sourcils, et il grimace.

Ai-je dit quelque chose de mal ?

Il saisit le bouton d'appel et le presse.

— Ils doivent t'examiner, dit Lincoln.

— Pourquoi suis-je ici ? Que s'est-il passé ? je demande.

— De quoi te souviens-tu ?

Il reste à mon chevet, sa main dans la mienne.

Le rideau claque quand une infirmière l'ouvre.

— Mlle Madison, je vois que vous êtes réveillée. C'est une bonne nouvelle. Laissez-moi prévenir le docteur.

Elle se dépêche de sortir de la pièce, nous laissant tous les deux seuls.

— J'étais chez Ariella avec Hazel. On a commandé une pizza, et ce type est arrivé, m'a traîné dehors et jusqu'à sa voiture. Il m'a menotté, mis une capuche sur la tête, et m'a emmené faire un tour. Le reste, je ne m'en souviens pas. Que s'est-il passé, Lincoln ?

Ma voix est étranglée alors que je tremble sous les couvertures.

Je frissonne. La chambre est glaciale, et l'odeur d'antiseptique me fait frémir.

— Est-ce qu'Enzo m'a fait quelque chose ? Pourquoi suis-je à l'hôpital ? Je ne me sentais pas malade ou blessée. Je ne me souvenais pas de l'incident. C'était pour ça que j'étais branchée à des machines.

Depuis combien de temps suis-je ici ?

— Enzo a signalé ta présence à la police, dit Lincoln.

Ça n'a aucun sens.

— Quoi ? Pourquoi aurait-il fait ça ?

— Il a appelé le bureau du shérif. Tu ne te souviens de rien d'autre après avoir été mise dans la voiture ?

Je secoue la tête, non. C'est le trou noir.

— On était dans la voiture. J'étais sur le siège arrière et rien après ça.

— Le shérif a trouvé l'homme qui t'a enlevé mort, Zan Marino. Il semble qu'il se soit suicidé. Il a été trouvé devant la maison de Ricci avec une blessure par balle auto-infligée à la tête. Le labo teste Enzo pour des résidus de poudre, mais on est presque sûrs qu'Enzo est innocent.

— Zan s'est suicidé ?

Ça a encore moins de sens pour moi. Pourquoi m'enlever et m'amener à Enzo pour qu'il se suicide ?

Lincoln me serre la main. Avec son autre main, il balaye une mèche de cheveux sur mon visage et derrière mon oreille.

— Je suis presque sûr qu'Enzo n'est pas derrière ton enlèvement, mais je pense qu'il a ordonné à Zan de se tuer, ou qu'il a fait en sorte que Zan ait l'air de s'être suicidé.

— Qui ferait une chose pareille ?

Je veux dire, je sais que c'est Enzo, mais je ne comprends pas pourquoi. Sa motivation, qu'est-ce qui pousserait un autre homme à le suivre ?

— Enzo fait partie d'une organisation criminelle.

— La mafia italienne.

Je l'ai supposé d'après les articles que j'ai découverts récemment sur ses affaires et ses pratiques, qui sont louches. Le gouvernement n'a rien sur lui, mais ça ne veut pas dire qu'ils ne le surveillent pas. Avec un peu de chance, ils trouveront quelque chose et le mettront derrière les barreaux.

— Tu ne m'as pas dit que tu étais mariée, murmure Lincoln, son regard fixant le mien.

Le médecin entre dans la pièce, mon dossier dans les mains.

— C'est bon de voir que vous êtes réveillée et alerte, Heather.

Je déglutis nerveusement lorsqu'il utilise mon nom légal, mon vrai nom. Personne ne m'a jamais appelée par ce nom. Ont-ils trouvé ma carte d'identité dans le sac que j'ai laissé chez Ariella ?

Il sort une lampe-stylo de sa poche avant.

— Suivez le stylo, dit le docteur.

Le médecin m'examine brièvement, puis m'explique que les drogues ont disparu de mon organisme et que je suis libre de partir. La période d'amnésie de l'enlèvement ne reviendra peut-être jamais, mais je ne devrais pas souffrir d'effets durables des drogues qui ont été introduites dans mon corps.

— L'infirmière va chercher les formulaires, et vous êtes libre de partir, dit le médecin.

Il sort de la pièce, nous laissant Lincoln et moi ensemble.

Le silence remplit le petit espace.

— Je vais appeler un taxi, dis-je. Tu peux rentrer chez toi.

Je ne veux pas être un fardeau.

— Il y a deux heures de route jusqu'à Breckenridge, et il y aura probablement des journalistes devant ton hôtel. On aura de la chance s'ils ne sont pas devant l'hôpital quand on partira, dit Lincoln.

— Oh. Merveilleux. C'est exactement ce à quoi je voulais avoir affaire ce soir.

— Je vais te ramener chez toi. Enfin, à Breckenridge.

— Merci, dis-je et je soupire.

Je lâche sa main de la mienne. Mes doigts jouent sur le drap blanc, fixant le tissu en coton.

Lincoln laisse le silence s'épaissir comme un nuage. L'infirmière finit par revenir, je signe les papiers, je m'habille, tandis que Lincoln m'attend dans le couloir, puis il m'aide à aller jusqu'à son camion.

Nous avons à peine échangé deux mots depuis que j'ai été déchargée.

La tension grésille dans l'air entre nous comme un éclair, prêt à frapper.

— Nous y voilà.

Lincoln déverrouille le camion, et je grimpe à l'intérieur, m'attachant. Il est bien plus de minuit.

— Tu es sûr que tu es en état de conduire pour rentrer ce soir ? On devrait peut-être prendre une chambre d'hôtel, je suggère.

Je n'ai rien pour me changer, mais au moins il ne s'endormira pas au volant.

Lincoln ferme ma porte et se dirige vers le côté conducteur. Il monte dans le camion.

— Je préfère dormir dans mon propre lit ce soir.

Il démarre le camion.

— Ok.

Un autre silence envahit le véhicule alors qu'il sort du parking de l'hôpital et nous conduit vers Breckenridge.

Je regarde par la fenêtre. J'aurais dû être fatiguée, mais je ne le suis pas. Je me sens plus éveillée que je ne l'ai été depuis longtemps.

Peut-être est-ce l'adrénaline, ou peut-être quelque chose d'autre ? Avec quoi m'avait-on drogué ? Qui m'avait drogué, Enzo ou Zan ? Est-ce important ?

Je déteste le silence.

Il me met encore plus mal à l'aise. Je jette un coup d'œil à Lincoln qui fixe la route, les deux mains crispées sur le volant. Est-il en colère contre moi ?

— Est-ce qu'on va parler du fait que tu es mariée ? demande Lincoln. Ou du fait que ton mari dirige la mafia italienne ?

Je me lèche les lèvres.

— Tu connais le fameux dicton « ce qui se passe à Vegas reste à Vegas », eh bien, se marier ne reste pas à Vegas.

— C'est censé être drôle ? lance Lincoln.

Je hausse les épaules.

— Je suppose que non. Je l'ai rencontré à Vegas. On a dansé ensemble, on a picolé et on a fini par se marier dans une chapelle de mariage. Je ne me souviens pas de grand-chose, juste que je me suis réveillée avec une très grosse gueule de bois le lendemain, et que j'avais un diamant à mon annulaire. Je suis partie en douce, j'ai juré d'oublier tout ça et d'aller de l'avant. Je ne connaissais même pas son nom ce matin-là.

— Ils t'ont laissée l'épouser alors que tu étais ivre ? fulmine Lincoln. Vous n'aviez pas besoin d'une licence de mariage que vous devez obtenir au palais de justice avant d'aller à la chapelle ?

Je hausse les épaules.

— Oui, mais un de ses copains travaillait au palais de justice. Il a fait comme s'il nous faisait une faveur.

— Peut-être une faveur à Enzo. Il ne t'en faisait certainement pas une.

La prise de Lincoln sur le volant se resserre.

Je ne veux pas être mariée à Enzo. Lincoln ne le voit-il pas ?

— J'ai appelé un avocat pour savoir si le mariage était légalement valide et comme j'étais ivre au moment du mariage, je peux faire annuler le mariage si Enzo le veut bien, au motif que je n'étais pas capable de consentir ou de comprendre ce que je faisais. Sinon, il faudra obtenir légalement le divorce. Je ne lui avais pas parlé depuis Vegas. Je ne connaissais même pas son nom jusqu'à ce qu'une copie du certificat de mariage me soit envoyée.

— Je t'obtiendrai ce divorce si c'est ce que tu veux, dit Lincoln.

— Honnêtement, c'est ce que je veux. (Je ne veux rien avoir à faire avec Enzo, maintenant ou dans le futur. Je veux que tous les liens entre nous soient coupés.) Je suis désolée de ne pas te l'avoir dit. Ce n'est pas quelque chose dont je parle, jamais.

CHAPITRE TRENTE-ET-UN

ARIELLA

Blottie dans les bras de Jaxson, dans son lit, j'ai du mal à dormir.

— Tu es toujours réveillée ? chuchote Jaxson, les yeux ouverts, la lumière de l'horloge toute proche offrant un soupçon de lumière dans la chambre sombre.

— Oui, je réponds en soupirant.

Comment je peux dormir après les événements d'aujourd'hui ? Heureusement, Harper a été retrouvée, mais je ne me sens pas mieux à l'idée qu'elle a été enlevée et emmenée par un voyou de la mafia.

Les petites villes sont censées être sûres.

Jaxson attrape son téléphone et jette un bref coup d'œil à l'écran.

— Lincoln m'a envoyé un message disant qu'ils sont sur le chemin du retour de l'hôpital.

Je pousse un lourd soupir de soulagement.

— Elle va bien ?

— Je pense que oui, répond Jaxson.

Le silence envahit la pièce. Sa poigne chaude me tient à nouveau à la taille, me serrant contre lui. Il sent merveilleusement bon, et mon corps se détend contre lui, mais mon esprit ne veut pas ralentir.

— Hazel sait pour nous, dis-je.

— Ce n'est pas une surprise. Lincoln nous a vus nous embrasser à l'hôpital, me rappelle Jaxson.

— Tu es d'accord pour que les gens sachent pour nous ?

Pourquoi continuons-nous à cacher notre relation ? Petit à petit, nos amis et nos collègues ont découvert ce que nous faisons, à nous voir ensemble en cachette.

Nous sommes deux adultes. Des adultes heureux. Pourquoi devons-nous le cacher plus longtemps ?

Il me serre plus fort, nous faisant rouler pour que je sois sur lui. Ses mains se glissent sous mon pyjama, et il commence à frotter mon dos avec des mouvements doux et apaisants.

— Je pense que tout le monde est au courant maintenant, marmonne Jaxson en riant. Se cacher ne sert à rien.

Je nous fais rouler à nouveau, l'amenant à s'allonger au-dessus de moi, me clouant sur place. J'aime quand il est au-dessus et prend le contrôle, surtout dans la chambre. Je laisse mes doigts danser sur le bord de son caleçon.

— Et pour Skylar et Izzie ? je demande, en le tenant serré contre moi.

Je ne veux pas qu'il s'éloigne.

— Skylar est une adulte. Elle nous a entendu faire l'amour, dit Jaxson en riant. Ça semble idiot de continuer à le lui cacher. En plus, elle n'est presque jamais là. J'aime être prudent avec Izzie, mais nous ne sommes pas des amis avec bénéfices. Je t'aime.

— Je t'aime aussi, je chuchote. Honnêtement, j'étais inquiète. Je sais que tu voulais que j'appelle ce psychologue, mais je ne peux pas le faire. Je déteste m'ouvrir à des inconnus. C'est déjà assez difficile pour moi de parler de mes sentiments avec toi. Je continue à m'inquiéter qu'il me dira de déménager. Que vivre avec mon patron et cacher notre relation est malsain.

— Quoi ? Les sourcils de Jaxson se froncent. Je ne veux pas que tu partes, Ariella. Si je n'ai pas été parfaitement clair, c'est ta maison, avec Izzie et moi. J'espère qu'on ne t'a pas donné l'impression que tu n'étais pas la bienvenue.

— Mon Dieu, non. Vous avez été merveilleux. C'est juste le fait de dormir dans une autre pièce, de cacher notre relation. Ça me fait me sentir sale.

— Je ne veux plus jamais que tu ressentes ça, jamais. A partir de maintenant, tu dors avec moi ici, dit Jaxson. J'aime t'avoir dans mon lit, sachant que tu es en sécurité.

— J'aime ça aussi.

CHAPITRE TRENTE-DEUX

LINCOLN

Je n'ai pas ramené Harper à sa chambre d'hôtel après l'hôpital. Je ne voulais pas la laisser seule.

Elle a raison, je suis son garde du corps, et elle est sous ma responsabilité. Je l'ai ramenée chez moi, je l'ai laissée s'écrouler sur mon lit, et j'ai envisagé le canapé, qui aurait été trop petit, quand elle m'a laissé la rejoindre.

Je consulte mon téléphone tôt le lendemain. Jaxson a envoyé un message disant que le studio a annulé le tournage du film. Je ne sais pas ce que cela signifie pour la carrière d'Harper, ni si elle serait furieuse ou satisfaite de la nouvelle.

— Bonjour, chuchote-t-elle.

Ses paupières s'ouvrent alors qu'elle est allongée sur le côté, me regardant fixement.

— Pas de travail aujourd'hui, pour aucun de nous. On dirait que le studio a mis en attente le tournage.

Bien qu'il y a quelques choses que je veuille faire, je n'ai pas à assurer la sécurité sur le plateau, ce qui est un bonus vu l'heure à laquelle nous sommes arrivés chez moi hier soir.

Harper roule sur le dos, fixant le plafond.

— Bien. Je n'aurais pas dû accepter le rôle, sachant que je devais travailler pour ce connard de réalisateur.

— Eh bien, si tu ne l'avais pas fait, nous ne nous serions jamais rencontrés.

Je doute qu'elle ait découvert Breckenridge par elle-même.

— C'est vrai.

Je frotte le sommeil de mes yeux et sors du lit.

— Les ouvriers seront bientôt là pour faire les travaux du restaurant en bas.

Il n'y a aucune chance de dormir avec tout ce bruit.

— Qu'est-il arrivé à ton restaurant ? Tu as énervé quelqu'un ? Ce sont de vrais impacts de balles ? demande Harper.

— Malheureusement, ils sont aussi vrais qu'ils peuvent l'être. Je voulais m'arrêter à Tactique de l'Aigle cet après-midi pour savoir s'il y a des nouvelles d'Enzo et s'il est accusé de meurtre ou de ton enlèvement.

Harper reste silencieux. Aurais-je dû ne pas en parler ?

Elle se redresse dans le lit, les couvertures à sa taille, ses vêtements de la veille encore sur elle.

— Je devrais retourner à l'hôtel, prendre une douche et me changer.

— Je vais te conduire. Ça te dérange si je prends une douche très vite ?

— Seulement si je peux te rejoindre, chuchote-t-elle.

Je me penche vers elle, capturant ses lèvres avec les miennes, voulant qu'elle sache que, oui, je la veux. Je n'ai pas cessé de la désirer depuis que nos regards se sont croisés. J'attrape sa main et la tire sur ses pieds, la conduisant à la salle de bain.

J'allume la lumière et ouvre la douche. Je me déshabille rapidement et me débarrasse de mes vêtements, les laissant sur le sol.

Harper hésite, mais ses yeux parcourent mon corps, le contemplant entièrement. Elle se mordille la lèvre inférieure.

Aime-t-elle ce qu'elle voit ? Est-elle incapable d'arrêter de me fixer ? C'est bon d'être désiré. J'ai besoin de lui faire ressentir ce qu'elle me fait ressentir à l'intérieur.

— Tu veux un coup de main ? je lui propose en réduisant la distance entre nous, mes mains sur ses hanches.

Mes doigts effleurent ses flancs et son ventre tandis que je remonte le tissu.

Harper lève les bras en l'air. Je guide doucement sa chemise vers le haut. Mes doigts pincent la bande du soutien-gorge, le dégrafant dans le dos, laissant les bretelles glisser le long de ses épaules et tomber sur le sol.

Ses lèvres sont chaudes et invitantes. Je me penche pour l'embrasser, la goûter, tandis que mes doigts s'attaquent à son pantalon, le faisant descendre avec sa culotte.

Enroulant mes bras autour d'elle, je l'entraîne dans la douche, sous le jet, nos corps ensemble, la chaleur caressant notre peau.

Ses mains explorent mon dos et descendent jusqu'à mon cul. Elle me donne une claque ferme.

Je hausse un sourcil, la regardant fixement.

— Tu viens de me mettre une fessée ?

Elle rit et hoche la tête, affichant un large sourire lorsqu'elle recommence.

J'attrape son poignet et la plaque contre le carrelage de la douche. Ses mamelons durcissent, et ma bouche se jette sur la sienne tandis que je glisse une main entre nous, la touchant.

Elle gémit et halète de plaisir alors que j'écarte ses plis, découvrant son humidité. Je titille sa perle, son corps frémit, et sa respiration s'intensifie.

Sa main se tend entre nous, jouant avec ma longueur, la pointe, faisant bouger mes hanches. Oh mon Dieu, elle me tue.

Refermant l'espace entre nous, je taquine son entrée, la chaleur de la douche embaumant la salle de bain. La pièce est chaude, étouffante, mais je m'en fiche. Ses joues sont rouges, et un rougissement se répand sur sa poitrine.

Rapidement, j'entre en elle, plus profondément, plus fort, écoutant ses douces supplices dans mon oreille.

— Plus fort.

Elle enroule ses jambes autour de moi, me rapprochant.

Je fais ce qu'elle me demande, m'enfonçant en elle, chaque centimètre, jusqu'à ce qu'elle et moi ne fassions plus qu'un.

La tête d'Harper bascule en arrière, et ses gémissements deviennent plus forts et plus insistants. Je la tiens serrée contre moi. Une main se glisse entre nous pour l'amener à la limite.

Elle semble proche.

Harper se resserre à chaque coup de reins.

Je la sens proche.

Je lutte pour tenir.

— S'il te plaît, halète Harper, ses yeux se fermant brusquement et ses ongles s'accrochant à mon épaule, me marquant.

Je suis à elle.

Je me retire, l'écoutant gémir de protestation. J'éteins la douche.

— Pourquoi t'es-tu arrêté ?

Sa respiration est rauque. Elle est à la limite, et je me suis retiré, la taquinant.

— Parce que tu mérites plus que la douche, je lui chuchote à l'oreille, en mordillant sa peau.

Elle ronronne à mon toucher. Je la porte hors de la douche, jusqu'au lit.

— Je te jure que si tu ne me laisses pas finir, je vais devoir t'attacher aux poteaux du lit et faire ce que je veux de toi, dit Harper.

Un sourire en coin apparait sur mes lèvres.

— C'est vrai ? Ça n'a pas l'air mal du tout.

Je la guide vers le matelas. Mon corps se tient au-dessus du sien, provoquant son entrée.

— Tu es un putain d'allumeur, gémit Harper.

Elle attrape ma queue et me force à perdre toute pensée cohérente quand je la pénètre.

Un énorme sourire se dessine sur son visage, satisfaite.

Chaque poussée devient plus profonde, plus intense et plus satisfaisante, à mesure que je me rapproche.

Je ne veux pas que ce moment se termine. Si le tournage du film est terminé, alors Harper va-t-elle partir ?

Je veux la convaincre de rester ici pour moi.

Mes doigts glissent vers le bas, titillant sa perle. Ses mains s'agrippent aux draps, et son dos se cambre sur le matelas.

Ses gémissements s'intensifient, chacun plus prononcé et plus sexy que le précédent. Elle halète à la recherche d'air, son intérieur se contractant sur moi, m'entraînant avec elle vers le néant.

Elle frémit et me lâche, haletant fortement, luttant pour reprendre son souffle.

Je comprends parfaitement.

Encore quelques mouvements, et je suis là avec elle, noyé dans sa chaleur, respirant avec elle comme un être unique.

Mon cœur bat la chamade, et c'est le seul son mélangé à notre respiration qui remplis mes oreilles. Lentement, je me retire et roule sur le dos.

Chaud et en sueur, je pourrais prendre une autre douche.

CHAPITRE TRENTE-TROIS

HARPER

Je fais mes valises au motel. La voiture de location m'attend dehors. Il est temps de retourner à Los Angeles.

On frappe à la porte d'un coup sec et retentissant.

— Une seconde ! je crie.

Je ferme mon sac et me précipite vers la porte, jetant un coup d'œil par le judas avant de voir Lincoln de l'autre côté.

— Hey, dit-il en me saluant avec un sourire narquois.

Je ne peux pas non plus dissimuler le sourire sur mon visage. Plus tôt dans la matinée, nous avons passé une bonne demi-heure sous la douche, sans nous laver du tout, puis un bon moment emmêlés dans les draps. J'aurais pu passer une éternité au lit avec cet homme, mais ce n'est pas une possibilité réaliste.

Je dois rentrer chez moi. Le tournage du film a été annulé. Le réalisateur a démissionné, et après l'annonce publique de mon enlèvement, le studio a mis la production en suspens pour une durée indéterminée.

Au moins, le studio ne me blâme pas, mais ils pensent que j'ai besoin de temps pour récupérer.

— Tu es venu me dire au revoir ? je demande.

Dans ses mains, il tient un dossier en papier kraft.

— Pendant que tu étais à l'hôtel pour faire tes valises, j'ai pris la liberté de dire un mot ou deux à Enzo.

Mon estomac fait un saut périlleux.

— Vraiment. Qu'est-ce que ça voulait dire ?

Il entre dans ma chambre d'hôtel et s'approche du bureau.

— Enzo ne sera plus dans ta vie pour toujours. Tout ce que tu as à faire est de signer les papiers.

Il sort les pages et les pose sur la table pour que je les regarde.

— Qu'est-ce que c'est ?

J'hésite avant de faire un pas en avant, ayant besoin de lire le contenu. C'est aussi épais qu'un livre.

— Papiers de divorce. Toi et Enzo pouvez prendre des chemins séparés.

Qu'est-ce qu'il manigance ? Je parcours les papiers, lisant aussi vite que je le peux.

— Enzo était d'accord avec ça ? je demande.

Je fixe les pages. Je ne suis pas avocate, mais ça semble solide et acceptable pour les deux parties. Je n'obtiendrai aucun des actifs d'Enzo, et il n'obtiendra aucun des miens. Je peux accepter ces termes. Je ne l'ai pas épousé pour la richesse qu'il a accumulée, et je ne vais certainement pas lui céder quoi que ce soit.

Feuilletant page après page, c'est long mais semblait acceptable.

— Comment as-tu fait ça ? je demande en prenant le stylo sur le bureau et en griffonnant ma signature.

— J'ai parlé avec Enzo ce matin. Il avait déjà préparé les papiers. C'était autant son idée que la mienne.

Cela me surprend.

— On a besoin d'un témoin ?

— Non, mais vous devrez passer devant le juge du comté. Dès que tu seras prête, vous pourrez le faire dans n'importe quel comté ou état ensemble.

Je gémis. L'idée de revoir Enzo me donne envie de vomir.

— Je serai avec toi tout le temps, dit Lincoln. Ariella et Hazel ont proposé de venir aussi. Elles veulent t'organiser une fête de divorce.

— Ok, mais on ne commandera pas de pizza. La dernière fois qu'on a fait ça, Zan a débarqué.

Bien que je sache qu'il n'y a aucun rapport entre le service de livraison de pizzas et la mafia arrivant à la porte, c'est quand même une association que je ne suis pas prête à dépasser.

— Alors, tu vas rester un peu plus longtemps ? demande Lincoln, les yeux remplis d'espoir. Quelques jours de plus ?

Veut-il que je reste indéfiniment ?

— Oui, je peux faire ça, quelques jours de plus. Tu sais, si mon départ te chagrine tant que ça, tu pourrais venir avec moi à Los Angeles.

Lincoln sourit, les lèvres serrées.

— Los Angeles est si–

— Ensoleillée ?

— J'allais dire embrumée. N'aimes-tu pas le grand air ? Le calme et la beauté de la nature. Tu ne peux pas faire du rafting sur la rivière avec une vue comme la nôtre à Los Angeles.

Essaye-t-il de me convaincre de rester ? Ce n'est pas si difficile. J'aime vraiment cet endroit. L'idée de rentrer chez moi ne me rend pas vraiment heureuse.

— Non, je suppose que l'on ne peut pas, dis-je en jetant un coup d'œil à mon sac sur le lit. Mais les plages, tu dois admettre que c'est un avantage, même avec la brume.

Il rit doucement.

— Je devrais peut-être être plus direct. Reste pour moi, dit Lincoln en m'attirant dans ses bras.

Je passe mes bras autour de son cou et incline mon visage vers le haut, mes lèvres caressant les siennes.

— Tu ne vas pas te lasser de moi ?

— Je ne crois pas que ce soit possible.

Il ne relâche pas son emprise sur moi, ses bras entourant le bas de mon dos.

— Tu me demandes d'emménager avec toi ?

Un énorme sourire se répand sur le visage de Lincoln.

— Je te jure que si tu te moques de moi, femme, je ne pense pas pouvoir le supporter.

Mes lèvres écrasent les siennes.

— Tu me vois rire ?

Il faudra que je retourne à Los Angeles, ne serait-ce que pour récupérer certaines de mes affaires.

ÉPILOGUE

JAXSON

La vie semble presque trop belle. J'attends que les choses changent. Harper est saine et sauve et rentrait de l'hôpital. Mason a été dispensé de soins médicaux et est redevenu lui-même.

Ben est là dehors, quelque part, attendant d'agir. Ce n'est pas fini. Le serait-ce un jour ?

On ne l'a pas encore croisé, mais on le fera. Ce n'est qu'une question de temps.

L'équipe de Tactique de l'Aigle est là, avec leurs copines, pour un barbecue. On a juré de passer plus de temps ensemble à s'amuser. On le mérite bien.

Je m'assoie sur le porche arrière de ma maison, la vue sur les montagnes étant toujours une beauté.

Izzie chasse les papillons dans l'herbe près du jardin où Ariella et Harper sont occupées à planter des fleurs.

Harper pose une main sur son ventre, très enceinte. Elle et Lincoln attendent leur premier enfant, et Izzie était probablement aussi excitée qu'eux, impatiente d'avoir un nouveau compagnon de jeu.

Bear s'installe à côté de moi sur la terrasse en bois, remuant la queue, se baignant dans le soleil de l'après-midi.

— Regarde ça, dit Hazel, en me montrant son profil sur les réseaux sociaux.

Il y a des dizaines de photos, mais elle fait défiler jusqu'à une en particulier.

— Skylar a un petit ami.

— Ah ouais ? Laisse-moi voir.

Je vois à peine Skylar. Elle travaille de longues heures et sort faire la fête la plupart des nuits.

Hazel me tend son téléphone. Je manque de faire tomber l'appareil quand l'image qui me regarde en retour déchire mes entrailles. Jayden a son bras autour de Skylar, un énorme sourire sur leurs visages.

Je clique sur le compte de Skylar, fais défiler quelques photos jusqu'à ce que j'en trouve une qui me fait chavirer l'estomac. Elle levait sa main gauche, révélant un diamant éclatant à son annulaire.

— Quand s'est-elle fiancée ?

————

Merci d'avoir lu Dissimuler : Lincoln. Continuez l'aventure dans le dernier livre de la série Aigle Tactique avec CLANDESTINE : JAYDEN !

Jayden n'est pas le méchant, juste le mauvais garçon, et je suis tombée amoureuse de lui, profondément.

Jayden

Ma nièce a disparu depuis des mois et je passe tout mon temps à la chercher. J'ai besoin d'un complice, une femme à l'intérieur qui peut m'aider à rassembler des informations.

Skylar est mignonne, insolente et la petite sœur de Jaxson. Elle est complètement inaccessible et quand mon ancien frère d'armes découvrira que je l'ai engagée en secret, il me tuera.

Skylar

Ayant désespérément besoin d'argent, j'accepte une opération sous couverture avec Jayden Scott. Pour deux mille dollars par semaine, je dois être sa fausse fiancée. Mais ce n'est pas tout : il veut que je pénètre en douce dans la maison de son patron et que je trouve tout ce que je peux sur les allées et venues de sa nièce.

Le plan dérape rapidement et on me donne un ultimatum : kidnapper trois filles avant minuit ou être vendue aux enchères.

Achetez en un clic CLANDESTINE : JAYDEN maintenant !

Et inscrivez-vous à ma newsletter pour être informé des nouveaux livres, des concours et des offres gratuites : www.authorwillowfox.com/subscribe

J'apprécie votre aide à répandre le message, y compris en en parlant à des amis. Les avis aident les lecteurs à trouver des livres ! Veuillez laisser un avis sur votre site de livres préféré.

CONCOURS, LIVRES GRATUITS ET PLUS DE CADEAUX

J'espère que vous avez apprécier DISSIMULER et que vous continuerez l'aventure avec Jaxson, Ariella et l'équipe Tactique de l'Aigle.

Bien que ce soit ma première série en tant que Willow Fox, je suis publiée professionnellement depuis 2013.

Inscrivez-vous à ma newsletter Willow Fox

Si vous avez apprécié DISSIMULER, veuillez prendre un moment pour laisser un avis. Les avis aident les autres lecteurs à découvrir mes livres.

Vous ne savez pas quoi écrire ? Ce n'est pas un problème. Ce ne doit pas nécessairement être long. Vous pouvez raconter comment vous avez découvert mon livre : est-ce qu'un ami ou un club de lecture vous l'a recommandé ? Faites savoir aux lecteurs qui est votre personnage préféré ou ce que vous aimeriez voir se passer ensuite.

Lisez-vous normalement des romans se concluant par « ils vécurent heureux » ? Que pensez-vous de la fin « heureux pour le moment » ? (J'espère que vous êtes satisfait mais je vous promets que je vous offrirai un « ils vécurent heureux » à la fin de la série !)

Merci de votre lecture ! J'espère que vous envisagerez de vous inscrire sur ma newsletter pour recevoir des livres gratuits, des promotions, des cadeaux et des informations sur les nouvelles parutions.

Willow Fox aime écrire depuis qu'elle est au lycée (il y a bien longtemps). Ses romances de petite ville reflètent la vie dans une petite ville de l'Amérique rurale.

Qu'elle écrive des romances ou qu'elle s'assoie près d'un feu de camp pour lire un bon livre, Willow aime la magie des mots écrits.

Elle rêve d'être transportée et espère le faire pour ses lecteurs !

Visitez son site Web à l'adresse suivante :

https://authorwillowfox.com